날개 없는 두 천사,

마리안느와 마가렛

서동애 글 | 김진희 그림

Maritha Pissarek &
Marianne Stöger

글라이더

작은 섬 소록도에는 일제강점기부터 강제로 들어온 한센병 환자들이 살고 있습니다. 소록도병원 원장인 일본인은 소록도를 아름답게 만드는 데 환자들을 강제로 일을 시켰고, 말을 듣지 않으면 감금실에 가두어 폭행했습니다. 그들은 온갖 괴롭힘을 당하면서도 어디에도 하소연할 수 없었고, 도와주는 이도 없었습니다. 수치심을 견디지 못해 스스로 죽음을 선택하는 사람이 수없이 많았습니다. 소록도에는 지금도 그 참혹한 흔적이 남아 있습니다.

1945년 일본으로부터 해방되었지만, 환자들은 고향에서 이미 호적이 지워지거나 죽은 사람으로 되어 있어 돌아갈 수 없었습니다. 더욱이 오랫동안 갇혀 지냈기에 바깥세상으로 나가는 것이 두려웠고, 설령 나갔다 해도 사람들의 따가운 시선 때문에 다시 소록도로 돌아오곤 했습니다.

정부 지원으로 생활하던 환자들은 한국전쟁을 겪으면서 나라가 몹시 어려워지자 끼니는 물론이고 치료도 제대로 받지 못해 병이 악화되었습니다. 게다가 병을 치료해 주는 의사와 간호사도 전염을 두려워해 오기를 꺼렸으며, 들어와서도 얼마 버티지 못하고 떠났습니다.

그 무렵, 환자 부모를 둔 아기들을 돌보는 영아원이 문을 열었습니다. 그때 오스트리아에서 온 마리안느는 아기를 돌보다가 병원 사정으로 인해 고국으로 돌아갔습니다.

그 후, 미국의 외딴섬에서 한센인들과 함께 생활하다 돌아가신 다미안 신부님의 이름을 딴 재단의 의료 봉사단이 소록도를 찾았습니다. 그 봉사단의 일원인 마리안느와 마가렛 수녀님도 함께 왔습니다.

두 수녀님은 일반 사람들과 차별받으며 절망에 빠진 한센인 누구에게나 똑같은 희망을 주고, 사랑으로 포근히 감싸안았습니다. 무엇보다 한창 부모의 사랑을 받아야 할 10대 환자들을 위해 아동 치료실을 열고 다정한 엄마와 할머니가 되어 주었습니다. 그리고 아이들이 꿈을 펼칠 수 있도록 온갖 정성을 쏟았습니다.

강산이 네 번 바뀌는 동안 소록도 사람들에게 '큰 할매'로 불리며 가족처럼 지내던 마리안느에게 갑자기 병마가 찾아왔습니다. 죽어서도 소록도에 묻히겠다고 했던 마리안느는 깊은 고민에 빠졌습니다. 그동안 힘들게 살아온 소록도 사람들이 아픈 자신을 그냥 지나치지 못할 성품임을 알기에 조용히 떠날 준비를 했습니다.

늘 함께했던 '작은 할매' 마가렛도 마리안느의 뜻에 따라 43년 동안 정든 소록도를 떠나기로 했습니다. 두 분은 소록도 사람들에게 편지를 남기고 고국 오스트리아로 돌아갔습니다. 조용히 왔던 것처럼 떠날 때도 그러했습니다.

두 수녀님이 떠난 후, 그들이 소록도에서 했던 일들이 하나둘 알려지기 시작했습니다. 소록도는 물론이고, 두 분을 만나기 위해 오스트리아를 찾아간 이들에게 수녀님들은 이렇게 말씀하셨습니다.

"소록도 사람들에게 한 일은 특별한 것이 아니며, 그들과 함께했던 시간이 정말 좋았고, 좋은 친구로서 우리를 매우 기쁘게 해주었다. 오히려 소록도에서의 시간이 우리에게 무척 행복했다. 무엇보다 우리가 지나치게 높이 평가되는 것이 부담스럽다."

이처럼 자신들의 일을 드러내고 싶어 하지 않으셨기에, 글을 쓰는 내내 혹여 누가 되지 않을까 무척 조심스러웠습니다.

소록도에서 인연을 맺은 두 수녀님의 지인들을 만나 이야기를 듣고, 마리안느·마가렛 연수원과 M 치료실, 사택 등 두 분이 가슴에 품은 43년의 사랑의 발자취를 둘러보면서 미안함과 감사함에 눈물이 났습니다.

그래서 저는 앞서 나온 여느 책보다 더 온 마음과 정성을 쏟았습니다. 그리고 이 책은 마리안느와 마가렛 수녀님이 소록도에서 생활하던 동안, 한센인들과 함께했던 실제 이야기를 재구

성한 소설임을 밝힙니다.

알프스 아래의 고향에서 구순이 넘은 마리안느 수녀님은 언제나 소록도 사람들을 위해 기도한다고 합니다. 떠난 뒤에도 늘 소록도를 그리워하던 마가렛 수녀님은 이태 전 가을, 안타깝게도 하늘나라로 떠나셨습니다.

소록도 한센인들의 가족이 되어 주신 영원한 천사 마리안느와 마가렛 수녀님! 두 분이 노벨 평화상의 주인공이 되시길 염원합니다.

그동안 많은 자료와 도움을 주신 국립 소록도병원, (사) 마리안느·마가렛 나눔 연수원, 국립 소록도병원 박성이, 양숙, 허옥희 등 전·현직 간호사님들께 감사드립니다. 추천사를 써주신 분들께도 감사드립니다. 두 수녀님의 숭고한 사랑이 어린 독자들에게 전해지기를 소망합니다. 귀한 책을 선뜻 펴내주신 글라이더 출판사 식구들, 고맙습니다.

2025년 새봄에, 소록도와 가까운 고흥반도에서
서동애

차례

1
알프스의
두 소녀

알프스를 뒤덮은 하얀 눈이 햇살을 받아 보석처럼 반짝였다. 산 아래, 초록 잎이 무성한 나무에 고운 꽃들이 피어나는 5월, 마리안느는 직업학교를 졸업했다.

"마리안느, 혹시 간호사 일을 배워볼 생각 없니?"

"하고 싶어요. 병원은 어디에 있어요?"

마리안느는 어딘지 물었다.

그렇게 마리안느는 지인의 소개로 인스브루크에 있는 한 병원에서 간호 일을 배우게 되어서 기쁜 마음으로 새로운 시작을 준비했다.

그 무렵, 인스브루크에 사는 마가렛도 의사이며 병원을 운영

하는 아버지로부터 도움을 요청받았다.

"마가렛, 병원에 일손이 부족한데, 다른 간호사가 올 때까지 아버지를 도와줄 수 있겠니?"

"네, 도와드릴게요. 그런데 잘할 수 있을지 모르겠어요."

마가렛은 걱정스러운 표정으로 대답했다.

"특별히 어려운 일은 아니니 걱정하지 마라. 대신 일한 대가는 없다. 그래도 괜찮겠니?"

"환자들을 도울 수 있다면 좋아요."

마가렛은 아버지의 말을 듣고 웃으며 대답했다.

마가렛은 정성을 다해 환자들을 돌봤다. 그리고 얼마 지나지 않아 간호사 일이 자신의 적성에 맞는다는 것을 깨달았다.

"마가렛, 힘들지 않니? 며칠 뒤면 네 또래 아이가 올 거야. 조금만 더 힘내렴."

아버지는 걱정스러운 눈빛으로 말했다.

"처음 해보는 일이라 조금 힘들긴 하지만, 환자들을 돕는 일이 너무 좋아요. 나중에 간호사 공부를 해볼까 해요. 누가 올지 궁금하네요."

"허허, 기특하구나. 네 꿈이 꼭 이루어지길 바란다. 나의 풍크트가 언제 이렇게 자랐는지."

아버지는 딸의 어릴 적 별명을 부르며 흐뭇하게 웃었다.

마가렛이 병원 일에 익숙해지던 어느 날, 금빛 머리에 안경을 쓴 소녀가 찾아왔다. 그녀는 노란 나비가 수놓인 하얀 원피스를 입고 있었다. 마침 환자의 휠체어를 밀며 말동무를 해주던 마가렛이 다가갔다.

"안녕, 난 마가렛이라고 해. 병원 일을 도와주러 새로 오는 친구가 바로 너구나. 반가워!"

마가렛이 미소를 지으며 손을 내밀었다.

"반가워. 난 마리안느야. 너도 이곳에서 간호사 일을 돕고 있니?"

마리안느도 마가렛의 손을 잡으며 물었다.

"응. 그런데 넌 어디 사니?"

"우리 집은 저기 알프스 아래에 있는 마트라이야."

"어머나! 그게 정말이야? 몇 해 전 그곳으로 피난 가서 나도 마트라이 초등학교에 다녔어."

마리안느의 대답에 마가렛이 깜짝 놀랐다.

"정말? 그때 우리 마을에는 피난 온 사람이 많았어. 난 열다섯 살인데, 넌 몇 살이니?"

마리안느는 파란 눈을 동그랗게 뜨고 물었다.

풍크트 : 독일어로 작고 동그란 점처럼 귀여운 아이라는 뜻.

"난 열네 살. 아하, 그래서 학교에서도 못 만났구나. 그때 하필 마트라이에 폭격이 떨어져서 우리가 살던 집이 무너져 버렸어."

마가렛은 그때를 떠올리며 안타까운 표정을 지었다.

"그러게 말이야. 나도 그때 한쪽 팔이 부러졌어. 얼마나 무서웠는지 몰라."

마리안느는 다쳤던 팔을 들어 보이며 고개를 끄덕였다.

"어머나! 큰일 날 뻔했네. 많이 놀랐겠다. 우리 잘 지내보자! 난 환자를 돌보는 일이 너무 좋아."

"그래! 아직 일해보진 않았지만, 나도 최선을 다할 거야."

마리안느는 미소를 지으며 대답했다.

두 소녀는 이야기를 나누는 동안 금세 가까워졌다. 함께 청소부터 시작하여 환자들의 휠체어를 밀어주고, 영상의학과에서 일하며 병원 일을 배웠다. 얼마 후, 두 사람은 하얀 간호사 가운도 입게 되었다.

"마리안느, 하얀 가운을 입으니까 정말 간호사가 된 것 같아!"

"어쩜, 나도 똑같은 생각을 했어. 호호."

둘은 마주 보며 웃었다.

"마리안느, 깁스하고 붕대 감는 게 너무 어렵지 않아?"

"조금 어렵지만 재밌어! 너는 어때?"

마리안느가 대답하고 물었다.

"가끔 힘들긴 하지만, 너랑 함께 일하는 게 정말 좋아!"

마가렛은 상냥하게 웃으며 마리안느의 팔짱을 꼈다.

"마리안느, 넌 어쩜 그렇게 사람들 이야기를 잘 들어주니?"

"내가 그랬어? 마가렛 너도 다른 사람들에게 엄청 친절하잖아."

"넌 나중에 상담사가 되어도 아주 잘할 것 같아."

마가렛은 조용하면서도 남의 말을 잘 들어주는 마리안느가 믿음직스러웠다.

"마가렛, 나는 세상에서 가장 아픈 사람들에게 도움을 주고 싶어."

마리안느가 진지한 표정으로 말했다.

"그건 나도 같은 생각이야."

마리안느와 마가렛의 마음속에 작은 불씨 하나가 서서히 타오르고 있다.

"마가렛, 우리 이참에 간호학교에 들어가서 제대로 공부해 보는 건 어때?"

마리안느가 넌지시 물었다.

"좋아! 우리 함께 공부하자!"

두 소녀의 눈빛이 반짝였다. 간호사의 길을 향한 그들의 첫 걸음이 시작되고 있었다.

2
그리스도 왕
시녀회

열여덟 살 마리안느와 열일곱 살 마가렛은 인스브루크 대학 병원이 운영하는 간호학교에 입학했다.

간호학교 뜰에는 아름드리나무가 서 있고 각종 꽃이 피어나 무척 아름다웠다.

"아, 정말 좋다!"

"나도 정말 좋아!"

마리안느와 마가렛은 들뜬 목소리로 말했다.

열두 명이 한방을 쓰며 단체 생활을 하는 학교 기숙사는 늘 부산스럽고 시끌벅적했다. 얌전하고 조용한 마리안느와 마가렛은 잠을 설칠 때가 많았다.

"마가렛, 오늘은 조용히 쉬고 싶은데…… 그냥 희망 사항이 겠지? 아, 졸려!"

마리안느가 입을 가리고 하품했다.

"나도 밤새 뒤척였어. 오늘은 제발 조용했으면 좋겠다."

마가렛도 하품하면서 대답했다.

"어머! 저 둘은 하품도 같이하네. 킥킥."

"어쩜 저렇게 쌍둥이처럼 닮았을까?"

같은 방 친구들은 두 사람을 보며 키득거렸다.

마리안느와 마가렛은 낮에는 대학병원에서 실습하며 가끔 야간 근무도 했다.

"간호사는 절대로 병을 무서워해서는 안 됩니다. 환자의 상 태가 좋지 않거나 전염성이 있는 병이라 해도 두려워하지 마세 요. 간호사가 전염을 두려워하면 어떻게 되겠습니까? 어떤 질병 이든 처치에 최선을 다하는 것이 간호사의 임무입니다. 환자를 내 부모, 형제, 가족, 친구라고 생각하며 대해야 합니다. 그리고 모든 환자를 차별 없이 똑같이 대해야 합니다."

담당 수녀 교수님은 수업 시간마다 간호사로서 가져야 할 태

도와 환자를 대하는 법을 가르쳐 주었다. 하지만 마리안느는 수업을 마칠 때면 늘 걱정스러운 표정을 지었다.

"진정한 간호사가 되려면 교수님 말씀처럼 잘할 수 있을지 걱정돼."

"지금처럼 차근차근 배우고 익히면 돼. 마리안느, 너는 누구보다 훌륭한 간호사가 될 거야!"

마가렛은 밝은 목소리로 마리안느를 격려했다.

"호호, 넌 언제나 사람을 기분 좋게 만드는 재주가 있어서 부러워. 마가렛, 너는 지금도 충분히 좋은 간호사야."

마리안느도 웃으며 마가렛을 치켜세웠다.

일주일에 한 번 신학을 가르치는 담당 신부님은 좋은 책을 추천해 주고 세계 여러 나라 이야기를 들려주었다.

"지금 먼 아시아의 작은 나라, 한국에서는 같은 민족끼리 전쟁이 벌어졌어요. 일본의 침략을 받아 36년 동안 식민 지배를 당하다가 겨우 해방되었는데, 또다시 이런 비극이 일어나 안타깝습니다. 우리 모두 한국에서 전쟁이 하루빨리 끝나고 평화가 찾아오길 기도합시다."

이때 마리안느와 마가렛은 난생처음 '한국'이라는 나라를 알게 되었다.

"어쩌면 좋아. 같은 민족끼리 전쟁을 한다니…… 우리도 한국에 평화가 빨리 찾아오길 기도하자."

"응, 어디서든 전쟁은 일어나면 안 돼. 너무 슬픈 일이야."

마리안느의 말에 마가렛도 두 손을 모으며 대답했다. 큰 전쟁을 겪었던 두 사람은 바쁜 와중에도 한국과 어려운 이들을 위해 늘 기도했다.

어느 날, 마가렛이 조용히 마리안느를 불렀다.

"마리안느, 나 이번에 그리스도 왕 시녀회에 가입했어."

"정말이야? 참, 마가렛 너다운 생각이다."

놀란 마리안느가 물었다.

"미리 말 못 해서 미안해. 결혼해서 가족이 생기면 어려운 이들을 온전히 돕기 어려울 것 같아서 결심했어."

"미안하긴! 조금 놀랐지만, 넌 언제나 깊이 생각하는구나. 정말 존경스러워!"

얼마 후, 마리안느도 마가렛을 따라 열아홉 살의 나이에 그리스도 왕 시녀회에 입회했다.

"마리안느, 나 때문에 그런 건 아니지? 좀 더 생각해 보고 결정하지 그랬어."

마가렛이 미안한 표정으로 말했다.

"미안하긴! 네 말을 듣고 깊이 고민한 끝에 내린 결정이야. 그러니까 그런 생각은 하지 마."

마리안느는 미안해하는 마가렛을 달랬다.

"이제부터 함께 어려운 이들을 위해 열심히 기도하고 봉사하자!"

두 사람은 서로를 바라보며 손을 꼭 맞잡았다.

3
큰 꿈을 심어준
다미안 신부

마리안느와 마가렛은 책 읽기를 무척 좋아했다. 병원 실습과 학교생활을 힘들게 하면서도 틈틈이 도서관에서 책을 빌려서 돌려 읽었다.

"마가렛, 이번에는 어떤 책을 빌려왔니? 나는 아빌라 테레사 자서전을 다시 빌렸어."

"마리안느, 그 책 예전에 읽었잖아? 난 다미안 신부님 책을 가져왔어."

"어머나! 그 책을 누가 빌려 갔나 했더니 네가 빌렸구나."

두 사람은 여러 책 중에서도 가르멜 수도원을 창시한 아빌라의 테레사 성녀 자서전을 아주 좋아했다.

“나도 다미안 신부님 이야기도 얼른 읽고 싶어!”

마리안느가 말했다.

“알았어. 빨리 읽고 돌려줄게. 너도 빨리 읽고 돌려줘.”

두 사람은 약속이나 하듯이 좋아하는 책들도 같았다.

며칠 후 마리안느와 마가렛은 모처럼 시간을 내어 햇살이 가득 내리는 병원 벤치에 앉았다.

“마리안느, 너에게 빨리 주려고 어제는 밤새워 읽었어. 너도 읽어보면 알겠지만, 배려와 봉사가 무엇인지 가르침을 준 특별한 책이었어.”

“정말? 고마워! 네 말을 들으니 어떤 내용인지 얼른 읽고 싶어. 아니다 읽은 내용을 말해주겠니?”

차분하게 기다릴 줄 아는 마리안느가 궁금한 얼굴로 재촉했다.

“미리 알아버리면 재미없을 텐데. 괜찮겠니?”

“괜찮아. 어서 말해줘.”

마가렛은 조곤조곤 책 내용을 말했다.

“세상의 모든 사람에게 버림받을 정도로 무섭고 심각했던 한센병이 우리가 사는 유럽에서 처음 발병했대.”

“그게 정말이야?”

마리안느가 놀란 얼굴로 물었다.

"한센병은 뱃사람들에 의해서 세계로 퍼져나갔어. 지구 반대편 미국의 섬 하와이에서 수많은 사람이 전염되었어. 결국 그곳에서는 다른 사람들에게 전염될까 봐 모든 한센인을 체포해서 햇볕도 한 줌 없고, 먹을 물조차 없는 몰로카이라는 섬에다 강제로 가두었어. 사람이 살 수 없는 그곳에서는 날마다 한센인이 수없이 죽자, 언론들이 나서서 알리면서부터 뭍사람들의 항의가 쏟아졌대."

"한센병 환자도 사람인데 그렇게 죽게 두면 안 되는 거잖아?"

마리안느가 슬픈 표정으로 물었다.

"하지만, 그들을 죽게 그냥 두면 안 된다고 말로만 했지, 누구도 나서는 사람이 없었어. 이때 프랑스에서 서품을 받고 하와이에서 선교 활동을 시작한 다미안 신부님이 선뜻 나서서, 한센인들에게 먹을 양식과 치료를 해주어야 한다면서 자신이 그 섬으로 들어가겠다고 하신 거야. 후유!"

마가렛이 말을 마친 뒤 한숨을 길게 쉬었다.

"아, 신부님께서 그러셨구나."

마리안느가 손을 모았다.

서품: 천주교에서 교직자들에게 성직(聖職)을 수여하는 의식.

"하지만 거긴 위험하다며 주변 사람과 교황청에서는 심하게 반대했어. 얼마 후 완강한 신부님의 의지를 꺾을 수 없다는 걸 안 교황청에서는 환자와는 절대 손을 잡아서는 안 된다는 조건으로 허락했대. 신부님은 바로 몰로카이섬으로 들어갔어. 하지만 막상 환자들과 생활하면서도 그들이 정작 필요한 걸 해줄 수 없었어. 그래서 세계의 구호단체와 친지들에게 편지를 보내서 그곳의 비참하고 끔찍한 상황을 알렸대. 그 소식을 듣고 많은 곳에서 성금과 물품을 보내와서 환자들이 자립할 수 있도록 도와주었대."

긴말을 마친 마가렛이 먼 하늘을 바라보았다.

"후유! 아무리 신부님이셔도 쉽지 않은 일인데 진심으로 환자들을 사랑하셨나 봐. 정말 대단하고 존경스럽다."

마리안느가 안도의 숨을 내쉬었다.

"맞아, 누구나 할 수 없는 일을 하셨던 거야. 그런데 다음 이야기는 더 마음이 아파!"

마가렛은 숨을 한번 고른 뒤 이야기를 이어갔다.

"신부님은 환자들과 같은 삶을 살지 않고서는 그들을 고통을 알 수 없다면서 자기도 환자가 되게 해달라고 기도 했어. 그러다 어느 날 몸을 씻으려다 펄펄 끓는 물에 큰 화상을 입었는데 전혀 뜨겁지 않아서 직감적으로 한센병에 걸렸다는 걸 알았어. 신부님이 몰로카이섬으로 들어간 지 꼭 12년이 되는 해였어."

"어머나, 그게 정말이야?"

마리안느는 안타까운 표정으로 물었다.

"그 순간에도 신부님은 손을 모으고 감사의 기도를 올렸어. 이 부분이야."

마가렛이 펼쳐진 책을 손으로 가리켰다.

"오 하느님, 감사합니다. 저를 버리지 않으시고 저의 간절한 기도를 들어주셨군요. 이제 저들과 하나가 될 수 있게 되었습니다. 감사하고 감사합니다."

마리안느와 마가렛은 합창하듯이 글을 읽으면서 눈시울이 붉어졌다.

"그 후 신부님은 몰로카이섬에서 한센인들과 함께하시다가 선종하셨어. 그의 선종 소식을 들은 고국 벨기에서는 선종하신 신부님을 고향으로 모시기로 했어. 신부님의 시신이 고향으로 돌아간 날, 벨기에 국왕은 국경일로 선포하고 공항까지 나가서 직접 영정을 맞아들이셨대."

"국왕께서 직접 맞이하셨다고? 최고의 예우를 해주셨네."

선종: 임종 때에 병자성사를 받아 큰 죄가 없는 상태에서 죽는 것.

마리안느가 말했다.

"마리안느, 나머지는 네가 읽어보렴."

"그래, 알았어. 얼른 읽고 또 이야기 나누자."

며칠 후 마리안느와 마가렛은 읽은 책을 반납하려고 도서관에서 만났다.

"마가렛, 신부님 책을 두 번이나 밤새워 읽었어."

마리안느가 책을 가슴에 안고 말했다.

"이번 주는 당직도 있었는데 밤새워 읽은 거야?"

"너에게 이야기는 들었지만, 막상 책을 읽으니 내려놓을 수가 없었어. 아 함!"

마리안느가 하품을 길게 하다가 말을 이어서 했다.

"약한 자들을 위해서 나눔 봉사를 하셨던 신부님을 생각하니 내 마음이 따뜻해지고 가슴이 뛰었어. 세상 모든 사람에게 버림받은 한센인들을 위해 열악한 환경에서 자신의 모든 것을 내려놓고 그들과 함께하신 신부님이야말로 성인이셨어. 누구나 마음은 있지만 아무나 그런 삶을 살 수 없는 거잖아."

늘 조용한 마리안느는 발그레한 얼굴로 길게 말했다.

"어쩜, 너도 나와 같은 생각을 했구나. 신부님의 책은 두고두고 본보기로 삼을 좋은 책이야."

마가렛도 상기된 얼굴로 대답했다.

"한센병이 무서운 병인 줄 알았지만, 이 책을 읽고 더 자세히 알았어. 가족은 물론이고 자신이 태어난 나라마저도 외면할 정도로 심각한 병을 앓고 있는 한센인들을 도우신 신부님이 정말 존경스러워! 나도 신부님처럼 사람들에게 외면당하는 이들을 위해 봉사하고 싶어!"

마리안느가 손을 모으고 진지한 얼굴로 말했다.

"나도 그러고 싶어! 마리안느, 열심히 공부해서 꼭 우리의 꿈을 이루자. 약속!"

평소 장난기 많은 마가렛도 웃음기를 거두고 손가락을 내밀어 마리안느의 손가락에 걸었다.

그 후 두 사람은 시간이 날 때마다 다미안 신부님에 관한 깊은 이야기를 나누면서 서로의 마음을 알아갔다.

4
나이팅게일
선서

이듬해 간호학교 졸업식 날, 마리안느와 마가렛은 나란히 서서 나이팅게일 선서를 했다.

· 나는 일생을 의롭게 살며 전문 간호직에 최선을 다할 것을 하느님과 여러분 앞에 선서합니다.
· 나는 인간의 생명에 해로운 일은 어떤 상황에서도 하지 않겠습니다.
· 나는 간호의 수준을 높이기 위하여 전력을 다하겠으며, 간호하면서 알게 된 개인이나 가족의 사정은 비밀로 하겠습니다.

· 나는 성심으로 보건의료인과 협조하겠으며 나의 간호를 받
는 사람들의 안녕을 위하여 헌신하겠습니다.

선서를 마친 마리안느는 걱정스러운 얼굴로 마가렛에게 물
었다.

"마가렛, 선서대로 간호사로서 본분을 지키며 잘 해낼 수 있
을까?"

"너라면 누구보다 잘할 수 있을 거야. 너무 걱정하지 마."

마가렛은 웃으며 마리안느의 어깨를 두드렸다.

졸업 후, 마가렛은 오스트리아 수도 빈에 있는 아동병원에서
근무하게 되었고, 마리안느도 곧 인스브루크 대학병원 이비인
후과에 취직했다.

"마가렛, 건강히 잘 지내. 우리 꼭 다시 만나자."

"그래, 너도 잘 지내!"

얼마 후, 마가렛은 함께 지내던 언니가 결혼하면서 마리안느
가 있는 인스브루크 대학병원으로 옮겨와 함께 근무하게 되었
다.

"마가렛! 다시 만나서 반가워!"

"나도야! 너랑 함께 일할 수 있어서 정말 좋아."

마리안느와 마가렛은 환한 미소로 서로를 반겼다.

어느 날 마가렛은 동양의 작은 나라에서 봉사 중인 오스트리아 사제가 고국의 유능한 간호사를 구한다는 소식을 들었다.

"마리안느, 한국이라는 나라에서 한센인을 돌볼 간호사를 구한대. 지도 신부님께서 나더러 그곳에 가볼 생각이 없느냐고 물으셨어."

"뭐? 동양의 작은 나라 한국에서 한센인을 돌본다고?"

깜짝 놀란 마리안느가 물었다.

"그래. 신부님께서 한센인을 말씀하시는 순간, 다미안 신부님이 떠올라서 망설이지 않고 가겠다고 했어."

"나도 막 다미안 신부님이 생각났어! 나도 너랑 꼭 가고 싶다."

한국에 정말 가고 싶은 마리안느도 신청했다. 하지만 마가렛과 달리 마리안느는 몸이 약하다는 이유로 못 가게 되었다.

"제가 조금 약해 보이지만 아픈 데 없습니다. 제발 저도 마가렛이랑 함께 한국으로 갈 수 있게 해주세요."

마리안느가 간절히 부탁했다.

"신부님, 마리안느도 함께 갈 수 있도록 도와 주세요."

마가렛도 사정했지만, 신부님은 끝내 허락하지 않았다.

사제 : 천주교 주교와 신부를 아울러 이르는 말.

"마리안느, 너랑 꼭 함께 가길 기도했는데 너무 속상해."

마가렛은 마리안느 손을 잡고 말했다.

"함께 가지 못해서 아쉽지만, 너라도 갈 수 있어서 다행이
야."

마리안느는 마가렛을 다독였다.

"내가 먼저 가 있을게. 너도 꼭 뒤따라 와!"

마가렛은 몹시 아쉬워하는 마리안느를 남겨두고 혼자 한국
으로 떠나기로 했다.

마리안느도 이참에 집을 떠나서 외국 생활을 할 수 있는
지 휴가를 신청하고 영국으로 떠났다. 그는 병원에서 근무하
려 했지만, 영국에서는 외국인이 가진 간호사 자격증을 인정
해 주지 않았다. 마리안느는 어쩔 수 없이 영어도 배울 겸 호
텔에서 모닝콜과 룸서비스 담당하는 일을 하면서, 몸이 불편
하여 식당에 가지 못하는 손님들의 음식을 침대로 가져다주거
나 심부름을 하면서 즐겁게 일했다.

그는 바쁜 중에서도 종종 마가렛이 떠올랐다.

'마가렛은 한국에서 어떻게 지내고 있을까?'

5
처음 본
한센인

마가렛은 한국으로 떠나기 전, 한센병에 대한 의료 지식과 경험을 쌓기 위해 유럽에서 유일한 한센인 공동체 마을인 프랑스 오트레슈로 갔다.

그곳에는 아프리카 식민지 출신의 흑인 환자들과 시각장애인, 지체장애인들이 함께 생활하고 있었다. 한센병으로 인해 얼굴에서 진물이 흘러 앞을 보지 못하는 환자들도 많았다.

"아이, 가엾어라!"

마가렛은 일반 병원에서 만났던 환자들과는 너무도 다른 모습에 놀라움을 금치 못했다. 하지만 그곳의 의사와 간호사들은 아무렇지도 않다는 듯 상처에 약을 발라 주고 정성껏 치료했다.

그 모습을 지켜보던 마가렛은 감동했다.

"어머나! 맨손으로 치료해도 전염되지 않나 봐요. 선생님, 한센병은 어떻게 생기는 건가요?"

마가렛이 궁금한 듯 묻자, 의사가 설명했다.

"한센병은 위생 환경이 몹시 나쁜 곳에서 많이 발병하고 쉽게 퍼집니다."

'아, 그래서 전쟁 중인 한국에도 환자가 많은 거였구나.'

마가렛은 곧 만날 한국의 환자들을 떠올리며 한센병에 대해 더 배우고 익히며 정성껏 환자들을 돌보았다.

그때 마침, 한국에서 온 김수환 신부님이 한센인 마을을 방문했다.

"아, 한국 신부님을 이곳에서 뵙다니! 이런 영광이 또 있을까요?"

마가렛은 태어나 처음 만난 한국인이 존경하는 신부님이라는 사실이 더욱 반가웠다. 무엇보다 한국행을 앞두고 있던 터라 김수환 신부님이 더 특별하게 느껴졌다.

그날 이후, 마가렛은 더욱더 한국으로 가고 싶어졌다.

한센인 공동체에서의 봉사를 마치고 집으로 돌아온 마가렛

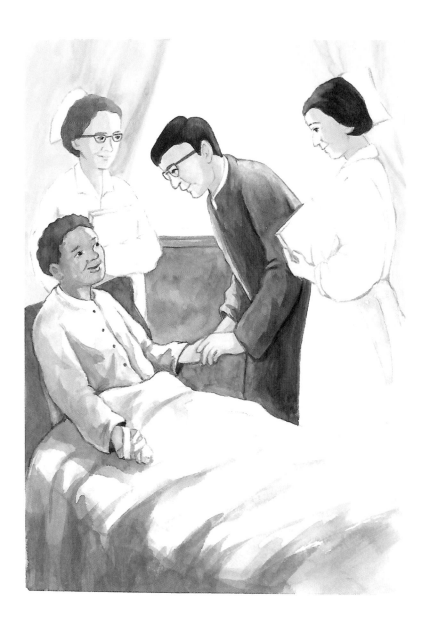

은 가족들이 모인 자리에서 선언했다.

"저, 이제 한국으로 떠날 거예요!"

그러자 아버지가 놀란 듯 말했다.

"마가렛, 한국이라고 했니? 그곳은 최근 신학교에 유학 온 장익 학생의 고국인데."

"아버지, 이곳 신학교에 한국에서 유학 온 학생이 있다고요?"

마가렛은 한국이라는 말만 들어도 가슴이 두근거렸다.

"그래, 한국에서 최초로 온 유학생이지."

"아버지, 그 학생을 우리 집으로 초대하면 안 될까요?"

마가렛은 한국에서 온 학생을 꼭 만나고 싶었다. 아버지는 그에게 초대 의사를 물어보겠다고 했다.

마가렛의 아버지는 국제 신학교에서 유학생들의 생활을 지원하고 무료 진료를 맡고 있었다.

며칠 후, 마가렛의 집에 부모님의 초대를 받은 장익이 찾아왔다.

"어서 오세요! 환영합니다."

마가렛의 가족은 장익을 따뜻하게 맞이했다.

"초대해 주셔서 정말 감사합니다."

장익도 정중하게 인사했다.

"머나먼 외국에서 공부하느라 외롭고 힘드시죠?"

"낯선 곳이라 조금 힘들지만, 지낼 만합니다."

마가렛은 타국에서 외롭게 공부하는 장익을 위로했다.

"상익 학생, 한국은 어떤 나라인가? 마가렛이 얼마 후, 한국으로 봉사를 가거든."

마가렛의 아버지는 딸이 가려는 나라에 대해 더 알고 싶었다.

"우리나라 한국은 아주 작은 나라입니다. 몇 해 전, 같은 민족인 북한이 침략하여 전쟁을 일으켰어요. 그로 인해 수많은 사람이 목숨을 잃었고, 지금은 휴전 상태입니다."

장익은 한국의 상황을 자세히 설명했다.

"어쩌다 같은 민족끼리 전쟁을 일으키게 되었을까…… 우리도 전쟁을 겪어 봐서 알지. 참 가슴 아픈 일이구나."

마가렛의 아버지가 안타까운 표정으로 말했다.

"그런데 마가렛이 한국으로 간다고요?"

장익이 깜짝 놀라 마가렛을 바라보았다.

"네, 그곳 한센인 마을에서 봉사할 예정이에요."

마가렛이 미소 지으며 대답했다.

"그 무서운 한센병 환자들이 있는 곳으로 간다는데, 부모님께서는 걱정되지 않으세요?"

장익이 조심스럽게 물었다.

"우리가 말린다고 해서 마가렛이 선택한 일을 번복할 사람이 아니지. 그리고 한센병은 건강한 사람에게는 전염되지 않아."

"어려운 한센인을 도우러 가겠다는 우리 딸이 용감하고 장하잖아요. 우리는 마가렛을 응원할 거예요."

마가렛 아버지와 어머니는 딸을 자랑스럽게 바라보며 말했다.

부모님이 위험한 곳으로 떠나는 딸을 말리지 않고, 오히려 축복해 주는 모습을 보면서 장익은 더욱 놀랐다.

마가렛은 틈만 나면 장익을 집으로 초대해 한국에 관한 이야기를 들었다.

"전쟁으로 부모를 잃은 전쟁고아가 많은 나라에서, 가장 열악한 한센인 마을로 가려고 하니?"

주변 사람들이 걱정스럽게 물었다.

"여기서도 환자들을 충분히 돌볼 수 있는데, 하필이면 모두가 두려워하는 한센인을 돕겠다니…… 넌 참 훌륭하구나."

그런 말을 들을 때마다 마가렛은 불편했다. 그녀는 스스로 훌륭하다고 생각한 적이 없었다. 그저 도움이 필요한 곳으로 가고 싶었을 뿐이었다.

그래서 마가렛은 조용히 주변을 정리하고 짐을 쌌다. 한국으로 떠날 날이 다가오고 있었다.

한센인 마을의
아이들

크리스마스를 며칠 앞둔 어느 날, 마가렛은 동료들과 함께 한국 땅을 처음으로 밟았다.

"아, 여기가 한국이구나."

마가렛의 가슴이 벅차올랐다. 그는 비행기에서 내려 기차와 버스를 타고 한센인 마을에 도착했다. 긴 여정에 쌓인 피로를 풀 겨를도 없이, 낯선 한국에서의 생활이 시작되었다.

간간이 눈발이 날리는 추운 날씨였다. 길에서 만난 아이들은 맨발에 낡고 해진 허름한 옷을 입고 있었다.

"세상에, 이 추위에 양말도 신지 않았네. 아이 가엾어라."

남다른 따뜻한 마음을 지닌 마가렛은 아이들에게서 눈을 떼

지 못했다. 그곳의 한센인들과 그 자녀들은 먹을 것과 입을 것이 부족해 매우 열악한 환경에서 살아가고 있었다.

"환자들과 아이들이 잘 먹어야 할 텐데……."

마가렛은 큰 도움을 줄 수 없는 현실이 안타까워 마음이 아팠다.

그는 간단한 인사말 외에는 한국어를 할 수 없었지만, 미소를 지으며 사람들과 소통하며 차츰 한국어를 익혀 나갔다.

"안녕하세요."

하지만 아이들은 마가렛이 인사를 건네면 부끄러워 고개를 숙이고는 황급히 도망쳤다. 한센병 환자와 말만 섞어도 병이 옮는다는 잘못된 인식 탓에 일반 사람들의 왕래조차 드물었기에, 아이들은 낯선 사람을 경계하고 두려워했다. 더구나 생김새가 다른 마가렛을 더욱 피하고 싶었을 것이다.

"얘들아, 안녕! 같이 놀래?"

마가렛은 아이들을 볼 때마다 다정한 목소리로 불렀다.

"우리가 무섭지 않으세요?"

"왜 우리에게 잘해 주시는 거예요?"

멀찍이 서 있던 아이들이 조심스레 물었다.

"아니, 너희들이 왜 무섭겠어? 우리는 다 같은 사람이잖아. 그리고 너희들은 환자가 아니잖니."

"그렇지만 무슨 소용이에요. 엄마, 아빠가 환자잖아요. 다른 사람들은 병이 옮을까 봐 우리를 피하고, 가까이 가면 소리를 지르며 도망쳐요."

"그건 잘못된 생각 때문이야."

아이들의 말을 들을 때마다 마가렛은 안타깝고 속상했다.

처음에는 마가렛을 피해 숨기 바빴던 아이들도 시간이 흐르면서 조금씩 마음을 열었다. 마가렛에게 먼저 인사를 건네기도 했다.

"마가렛, 안녕하세요!"

"어, 안녕!"

아이들은 자기들 편이 생긴 듯 마가렛 주위를 맴돌았다.

"얘들아, 하고 싶은 게 뭐니?"

마가렛이 묻자, 아이들은 망설임 없이 대답했다.

"우리도 학교에서 공부하고 싶어요."

한센인의 자녀라는 이유로 일반 학교에 다닐 수 없는 아이들을 보며 마가렛은 가슴이 아팠다. 그는 아이들에게 다가가 많은 이야기를 나누었다.

"너희가 다닐 수 있는 학교나 공부할 곳이 있었으면 좋겠다. 지금은 어려운 환경이지만, 절대 희망과 꿈을 놓치지 마. 알았지?"

"마가렛 덕분에 이제는 사람들이 덜 무서워요."

"덕분에 희망과 꿈이 생겼어요."

마가렛은 도움이 필요한 아이들과 환자들을 돌보며 하루하루 기쁘게 일했다. 그들과 정이 들 무렵, 마가렛과 그의 동료들은 다른 곳으로 이동해야 했다.

"마가렛, 우리를 두고 가지 마세요."

"얘들아, 씩씩하고 건강해야 해. 또 만나자. 안녕."

"마가렛, 기다릴게요. 꼭 오세요!"

마가렛과 아이들은 아쉬운 이별을 나누었다.

이후 마가렛은 점점 많아지는 봉사자들을 보며, 어린 시절부터 꿈꿔왔던 봉쇄수도원이 떠올랐다. 그는 주저하지 않고 고향에 계신 부모님께 수도원에 들어가겠다는 편지를 보냈다.

'내가 원하는 길이라면 날개를 펼쳐보렴.'

편지를 받은 부모님은 평생 밖으로 나올 수 없는 수도원에 들어가려는 딸을 응원하는 답장을 보냈다. 마가렛은 한국에 온 지 2년 반 만에 서울에 있는 가르멜 수녀원에 입회했다.

그 소식을 들은 마리안느는 놀라면서도 기도했다.

"마가렛, 네가 원하는 소망을 이루길 빌게! 부디 건강히 잘 지내.”

얼마 후, 마리안느는 한국의 한센인들이 사는 '소록도'라는
섬에서 봉사할 간호사를 모집한다는 소식을 들었다. 그는 망설
임 없이 지원했다.

“이번에는 어려운 이들을 위해 봉사할 수 있도록 해주십시
오.”

마리안느는 무릎을 꿇고 간절히 기도했다. 마침내 그는 한국
으로 떠나게 되었다.

소록도로 가기 전, 마리안느는 프랑스 파리에 있는 파스퇴르
연구소를 방문했다. 그는 그곳에서 현미경으로 나균을 관찰하
며 한센병에 대해 깊이 배우고 익혔다. 주말에는 마가렛이 먼저
일했던 오트레슈 한센인 마을에서 환자들을 만났다. 직접 한센
병 환자들을 보니 가슴이 먹먹했다. 무엇보다 심한 상처를 맨손
으로 치료하는 의사와 간호사들의 모습에 깊은감동을 받았다.

“소록도의 환자들도 이런 모습이겠지. 나도 저분들처럼 잘
할 수 있을까? 열심히 배워서 소록도 사람들에게 꼭 도움을 주
어야겠어. 빨리 소록도에 가고 싶다.”

얼마 후, 마리안느도 의료진처럼 맨손으로 환자들의 상처를
닦아 주고 약을 발라 주었다.

드디어 한국으로 떠나는 날이 다가왔다.

"어머니, 아버지, 제가 가고 싶었던 한국으로 봉사하러 가겠습니다."

"딸아, 왜 하필 그렇게 멀리까지 가려 하니? 네가 가는 곳은 어떤 곳이냐?"

"한센병 환자들만 사는 소록도라는 작은 섬이에요. 그곳에서 아기들을 돌볼 거예요."

"뭐? 한센병 환자들만 사는 섬이라고?"

아버지는 놀라며 물었다.

그러나 마리안느의 결심은 확고했다. 마침내 가족들의 응원을 받으며, 그는 한국으로 떠나는 비행기에 올랐다.

"아, 드디어 나도 한국에서 새로운 삶을 시작하는구나!"

작은 사슴을
닮은 섬

"아, 소록도다!"

마리안느는 녹동항 부두에서 손에 잡힐 듯 가까운 소록도를 바라보았다. 마침 바닷물이 빠지는 썰물 때라 통통배가 움직일 수 없어, 물이 차오를 때까지 기다려야 했다.

밀물이 되자 마리안느가 탄 통통배는 소록도 선착장을 향해 녹동항을 출발했다.

"내가 소록도에서 잘할 수 있을까? 만날 아기들은 어떤 모습일까?"

말도 통하지 않는 낯선 곳에서 과연 잘할 수 있을지 걱정이 앞섰다. 소록도에 오기 전, 다미안 신부님의 책을 여러 번 읽었

고, 프랑스 한센인 마을을 다녀와 그들이 처한 상황을 잘 알기에
더욱 마음이 무거웠다.

통통배는 금세 소록도 선착장에 닿았다. 마리안느는 조심스
레 소록도 땅을 밟았다. 앙상한 나무들 사이로 낮은 언덕을 따라
돌계단이 이어졌다. 계단을 오르다 잠시 숨을 고르는 동안, 잎이
없는 나무들 사이로 초록 잎이 무성한 나무 한 그루가 눈에 띄었
다. 그 사이로 빨간 꽃이 활짝 피어 있었다.

"와, 참 예쁘다! 추운 겨울을 이겨내고 이렇게 고운 꽃을 피
우다니."

마리안느는 동백꽃을 보며 긴 여정의 피로가 봄눈 녹듯 사라
졌다.

소록도 영아원에서 한센인들이 낳은 아기들을 돌볼 예정이
던 마리안느는 아직 숙소가 정해지지 않아 수녀원에서 하룻밤
을 지냈다.

다음 날, 소록도 성당에서 첫 미사를 드리며 간절한 기도를
올렸다.

"힘들고 어려운 이곳에서 아기들을 잘 돌볼 수 있도록 제게
힘을 주십시오."

그 후, 아직 오지 못한 동료 간호사를 기다리며 전주의 가톨
릭 센터에서 머물기로 했다. 가톨릭 센터에서는 한국에 봉사하

러 온 외국인들이 한국어를 배우고, 외국어를 가르치기도 했다. 마리안느는 한국어를 열심히 공부했고, 금세 간단한 인사말과 기본적인 의사소통이 가능해졌다.

일주일에 한 번씩 소록도를 방문해 영아원의 수리 상황을 살폈다. 그리고 마침내 함께할 동료 간호사가 도착하자, 부활절을 앞두고 소록도로 돌아왔다.

"영아원이 하루빨리 문을 열어야 아기들을 돌볼 텐데……."

수리 중인 영아원을 둘러보며 걱정스러운 표정을 지었다. 마리안느와 동료 간호사 윌마는 환자들의 마을을 돌아보았다. 조가비처럼 다닥다닥 붙어 있는 비좁고 허술한 집에서 예닐곱 명이 함께 지내고 있었다.

"이런 곳에서 아이들과 아기들이 생활하다니…… 너무 가엾어!"

마리안느의 파란 눈이 휘둥그레졌다.

"어서 서둘러 영아원 문을 열어야겠어요."

윌마도 놀란 듯 말했다.

"집도 그렇지만, 먹을 것도 제대로 못 챙겨 먹어요. 배불리 먹은 날보다 굶은 날이 더 많아요. 후유!"

곁에서 함께 있던 사람이 한숨을 쉬며 말했다.

"그, 그게 정말인가요?"

마리안느는 몹시 놀랐다. 한국전쟁을 겪으며 나라 전체가 어려웠지만, 특히 몇천 명의 한센병 환자가 수용된 소록도는 더욱 힘든 상황이었다. 낡은 집들은 장마철이면 비가 새고, 겨울이면 아이들이 흘린 콧물이 금세 고드름이 될 정도였다. 어린아이와 아기가 있는 가정일수록 생활이 더 열악하고 비참했다.

한센인 마을을 다녀온 마리안느는 마음이 더 급해져 영아원을 수리하는 인부들을 재촉했다.

"수리는 언제쯤 끝날까요? 하루라도 빨리 영아원을 열어야 해요. 아기들이 위험해요."

마리안느와 월마는 매일같이 영아원의 안팎을 쓸고 닦으며 아기들을 맞이할 준비를 차근차근 해나갔다. 그들이 지낼 공간은 창고를 개조한 작은 방과, 밥을 먹을 수 있는 조그만 식당이 전부였다.

"마리안느, 불편하지 않아요?"

"괜찮아요. 이곳 사람들에 비하면 여기가 궁전 같아요. 월마는 불편해요?"

"아, 아니에요!"

태어나 처음으로 맨바닥에서 생활하는 건 조금 불편했지만, 처음부터 소록도 사람들과 똑같이 살고 싶었기에 개의치 않았다. 다만, 아기들이 부모와 함께 머물다가 전염될까 봐 걱정되어

밤잠을 설치기도 했다.

하지만 소록도 앞바다는 그의 고향 마트라이에서 볼 수 없는 풍경이었다. 일하는 틈틈이 허리를 펴고, 파란 하늘과 맞닿은 바다를 바라볼 때마다 콧노래가 절로 나왔다.

"윌마, 하늘과 맞닿은 바다가 정말 예쁘지요? 파란 바다를 보고 있으면 피로가 싹 풀려요."

"저도 바다가 참 좋아요."

윌마가 미소 지으며 대답했다.

길고도 추웠던 겨울이 가고, 드디어 봄이 왔다. 중앙공원의 나무들이 파릇파릇 싹을 틔웠고, 벚나무에는 연분홍 꽃이 활짝 피었다.

"마리안느, 벚꽃이 참 예쁘죠?"

"한센인들이 힘들게 가꾼 나무에서 피어난 꽃이라 그런지 더 아름다워요. 이 공원이 만들어지기까지 얼마나 힘들었을지 생각하면 마음이 아파요."

"저도 처음 그 이야기를 듣고 너무 슬펐어요."

마리안느와 윌마는 희생된 한센인들을 떠올리며 숙연해졌다.

그리고 며칠 후, 드디어 영아원의 문을 열었다. 그러나 며칠이 지나도 아기를 맡기려는 부모는 나타나지 않았다. 초조해진 마리안느와 윌마는 한센인 마을로 직접 찾아갔다.

하지만 부모들은 차가운 반응을 보이며 문을 걸어 잠갔다.

"영아원에 아기를 보내면 일부러 굶겨 죽인대!"

끔찍한 소문이 돌고 있었다. 하지만 마리안느는 포기하지 않았다. 매일같이 아기가 있는 가정을 찾아다니며 부모들을 설득했다. 그리고 마침내, 조금씩 마음을 열기 시작한 부모들이 아기들을 영아원에 맡기기 시작했다.

영아원에는 태어난 지 두 달 된 아기부터 여섯 살 아이까지, 어느새 50여 명의 아이들이 가득했다.

8
아기들의 또 다른
엄마가 되어

"우리 영아원의 모든 가족이 건강하게 잘 지내도록 도와주
십시오."

마리안느는 새벽마다 성당에서 미사를 드리며 영아원 아기
들을 위해 간절히 기도했다. 처음으로 엄마 품을 떠난 아기들과
아이들은 심하게 보채고 잠도 잘 자지 않았다.

"응애응애!"

"앵앵."

"엄마. 흑흑."

영아원은 밤낮없이 아이들 울음소리가 끊이질 않았다.

"이를 어쩌지. 불쌍해라."

마리안느는 우는 아기들을 볼 때마다 마음이 너무 아팠다. 아기를 낳고 키워본 적 없지만 그는 최선을 다해 안아주고 달래 주었다. 밤이면 보모들이 순번을 정해서 돌아가면서 아기들을 지켰다. 마리안느는 자기 순번이 아닌 날도 아기들을 돌보느라 밤을 하얗게 새운 적이 많았다.

"마리안느, 그러다 병나겠어요. 조금 쉬세요."

"괜찮아요. 전 아주 건강합니다."

마리안느는 안경 너머로 파란 눈을 깜빡이며 대답했다.

"자장자장, 우리 이기 잘도 잔다. 자장자장."

아기를 다독이며 한국 보모들에게 배운 자장가를 불러주는 마리안느의 모습은 영락없는 엄마 같았다.

"마리안느, 자장가도 좋지만, 아기들을 업어주면 울음을 쉽게 그칠 거예요."

한국에서 나고 자란 보모들이 말했다.

"그래요. 하지만 일손이 부족한데 많은 아이를 다 업어줄 수는 없잖아요. 저에게 한 번 맡겨주세요."

"그건 그렇겠네요."

마리안느는 한국식 육아법처럼 업어 키우진 않았지만, 아침 부터 아기들이 잠드는 시간까지 한시도 쉬지 않고 자신만의 방식으로 안전하게 아기들을 돌봤다.

성당 신부님도 특별한 일이 없는 날이면 영아원에 와서 우는 아기들을 달래주고 눈물과 콧물을 닦아주었다.

"아가들아, 나랑 놀자. 우쭈쭈! 예뻐라. 까꿍."

영아원에는 많은 아기와 아이들이 사용하는 기저귀와 옷가지 등 빨랫감이 산더미처럼 쌓였다. 더구나 비가 오거나 날씨가 궂으면 미처 말리지 못한 옷과 기저귀가 턱없이 부족했다. 마리안느는 천을 떠다가 보모들과 함께 기저귀와 옷을 직접 만들었다.

얼마 지나지 않아 소록도에는 마리안느와 윌마의 이야기가 퍼졌다.

"어쩌면 아이들을 저렇게 지극정성으로 돌보는지. 정말 고마운 사람들이에요."

"맞아요. 우리가 저런 착한 사람들을 몰라보고 험한 말을 했당께요."

한 달에 한 번 부모들이 아기를 만나러 오는 날이면 마리안느는 아기를 안아서 엄마들에게 보여주었다. 그때마다 아기 엄마들은 입이 마르도록 칭찬했다.

"세상에나, 얼마나 잘 돌보았으면 못 본 사이에 이렇게 많이 컸네. 마리안느, 정말 고마워요."

"오메! 참말로 우리 애기가 맞당가요? 얼굴도 뽀얗고 몰라보

게 더 예뻐졌네. 마리안느, 정말 감사합니다."

엄마들은 마리안느와 월마에게 무척 고마워했다. 마리안느는 소록도 아기들과 아이들의 또 다른 엄마였다. 그런 마리안느를 보면서 보모들도 더욱 정성을 다해 아이들을 돌봤다.

하지만 영아원에도 늘 기쁘고 좋은 일만 있는 것은 아니었다. 그곳에서 제일 어린 아기가 자주 아팠다.

'제일 어린 게 어쩌자고 자꾸 아플까? 내 잘못인가.'

마리안느는 그럴 때마다 자신의 탓인 양 속이 타고 마음이 몹시 아팠다. 이때 영아원뿐만 아니라 보육소 아이들도 여러 가지 피부병에 시달렸다. 거기다 정기적으로 나누어주는 쌀과 보리쌀로는 배를 채우기에 턱없이 부족해 반찬도 없이 간장만으로 밥을 먹었다.

"한창 성장해야 할 시기에 밥도 제대로 먹지 못하다니. 쯧쯧."

마리안느는 고민이 깊어졌다.

봄이 되면 배고픈 아이들은 삐삐 풀과 소나무 껍질을 벗겨 먹고, 겨울이면 갯바위에 핀 김이나 파래를 뜯어 먹었다. 그래서인지 소록도 아이들은 너나없이 입 주변이나 뺨에 허연 버짐이 피고 각종 전염병을 앓았다.

"애들아, 그런 거 함부로 먹으면 안 돼!"

마리안느는 너무 안타까워 말렸다.

"배가 고픈 걸 어떡해요."

아이들이 힘없이 대꾸했다.

그러던 어느 날, 영아원에서 잘 놀던 세 살배기 아이가 해충으로 인해 갑자기 숨이 멎는 큰 사건이 일어났다.

"어쩌면 손쓸 시간도 없이 허무하게 가버리다니…… 흑흑."

아이의 갑작스러운 죽음에 놀란 마리안느는 큰 충격을 받고 한동안 눈물을 쏟았다.

"아기들에게 먹일 음식은 반드시 끓이고 철저히 관리해 주세요."

마리안느는 영아원 보모들에게 거듭 당부했다.

그는 깊은 고민 끝에 고국 오스트리아에 편지를 써 보냈다.

'이곳 소록도에 많은 의약품이 필요합니다. 우선 아이들이 먹을 구충제와 영양제를 보내주십시오. 부탁드립니다.'

마리안느의 편지를 받은 고국에서는 아이들에게 필요한 영양제를 모아 보내주었다.

"얘들아, 물을 한 모금 마시고 약을 먹자. 그리고 여기 있는 우유도 마시렴."

마리안느는 영아원 아기들뿐만 아니라 거동이 불편한 아이들이 사는 마을 집집을 돌며 영양제와 구충제를 손수 먹이고 피부약도 발라주었다.

"이제부터 밖에서 아무거나 주워 먹으면 안 돼! 알겠니? 배가 고프면 언제든지 나를 찾아오너라."

마리안느는 아이들에게 주의를 주며 다독였다.

9
반가운
손님

마리안느는 아기들을 돌보느라 바쁜 중에도 가끔 시간을 내어 마가렛을 만나러 서울로 갔다. 이른 아침 소록도에서 통통배를 타고 출발하여 버스를 타고 다시 기차를 탔다. 그렇게 마가렛이 있는 가르멜 수녀원에는 오후 늦게나 도착했다.

마가렛은 일체 외출이 금지되어 한 달에 한 번 정도의 편지와 30분 동안의 면회만 허락되었다. 그래서 늘 마리안느가 만나러 갔다.

"마가렛, 잘 지내니?"

"응, 마리안느, 또 먼 길을 와주어 고마워. 너도 잘 지내지?"

창살이 달린 접견실의 작은 창문을 사이에 두고 두 사람은 반갑게 인사를 나누었다.

"아기들을 돌보는 데 힘들거나 어려움은 없어?"

"특별히 어렵거나 힘들지는 않아. 하지만 아기들에게 필요한 게 너무 많아서 여기저기 구호단체에 도와 달라고 편지를 보내고 있어."

"아하, 그런 어려움이 있구나. 나도 아는 곳에 도와달라고 편지를 보내야겠다."

"고마워, 그나저나 여기 생활은 어떠니?"

"늘 꿈꾸던 곳에 있으니 참 좋아."

두 사람은 소록도와 수녀원에서의 이야기를 나누다 보면 면회 시간이 금세 끝나 버렸다.

"마리안느, 벌써 헤어질 시간이네. 소록도 아기들과 너를 위해 기도할게. 먼 길 조심히 가. 힘든데 자주 오지 않아도 돼."

"마가렛, 우리의 자리에서 잘 지내다가 또 만나. 안녕."

두 사람은 웃으면서 손을 흔들었다.

마리안느는 마가렛을 만나고 오던 길을 되돌아서, 다음 날 오전에야 소록도로 돌아왔다.

어느 날 마리안느에게 반가운 손님이 찾아왔다.

"어머나! 마가렛, 연락도 없이 어쩐 일이야? 꿈은 아니지?"

깜짝 놀란 마리안느는 파란 눈을 동그랗게 뜨고 마가렛을 두 팔 벌려 반겼다.

"네가 있는 소록도가 궁금해서 왔어."

마가렛도 환한 웃음을 띠며 대답했다.

"잘 왔어. 그런데 네 얼굴이 왜 이래, 어디 아픈 거야?"

지난번 만날 때와 다르게 창백한 마가렛의 모습을 보면서 마리안느는 걱정스러운 표정으로 물었다.

"응, 갑자기 몸이 너무 아팠어. 더는 수도원에 있을 수가 없어서 곧장 이곳으로 왔어."

마가렛이 시무룩한 표정으로 대답했다.

"잘했어, 어디가 얼마나 아픈 거야? 아무 걱정하지 말고 푹 쉬면 금세 좋아질 거야."

마리안느는 마가렛의 등을 토닥이며 안심시켰다.

"마리안느, 역시 나의 최고의 친구야! 호호."

"마가렛, 먹고 싶은 것 있으면 뭐든 말해. 다 해줄게."

"정말! 우선 엄마가 만들어 준 빵이 먹고 싶어. 너도 그 빵 맛 기억하지?"

"나고말고. 너희 엄마가 만든 빵 맛은 최고였지. 조금만 기다려, 금방 해줄게."

마리안느는 통통배를 타고 바다 건너 시장에서 밀을 사서 방

앗간에서 빻았다. 그리고 마가렛에게 해먹일 다른 음식 재료
를 양손 가득 사서 돌아왔다.

"마리안느, 뭘 이렇게 많이 샀어요?"

자기를 위해서는 돈을 좀체 쓰지 않은 마리안느가 들
고 온 물건을 보고 보모들이 물었다.

"저에게 아주 귀하고 반가운 손님이 왔어요."

"그래요? 손님이 누군지 궁금해요."

"곧 알게 될 것이에요. 호호."

마리안느는 정말 기분 좋은지 방실거렸다.

책을 읽던 마가렛이 까무룩 잠든 방문 틈으로 빵 굽은 냄새
가 솔솔 풍겼다. 냄새를 맡은 마가렛의 눈이 번쩍 띄었다.

"아, 빵 냄새!"

마가렛은 얼른 주방으로 나가서 마침 오븐에서 빵을 꺼내
는 마리안느 곁에 섰다.

"얼마 만에 맡아 보는 빵 냄새야. 이 냄새가 정말 그리웠어!"

"너희 엄마 흉내를 내어 봤는데 맛은 장담할 수 없어. 많
이 먹고 얼른 기운 차려. 알았지."

마리안느는 빵이 담긴 쟁반을 주면서 동생을 다독이는 언니
처럼 말했다.

"딱 우리 엄마 빵 맛이야. 이제 살 것 같아."

마가렛이 빵을 입안 가득 물고 대답했다.

마리안느는 고향 음식뿐만 아니라 여러 가지 한국 음식도 만들어 마가렛에게 먹였다. 그리고 마가렛이 편히 쉴 수 있도록 따뜻한 마음으로 보살폈다.

"아, 정말 맛있어. 마리안느, 한국 음식도 잘 만들고 이곳 사람 다 되었네. 잘 먹고 편안해서인지 몸이 가뿐하고 좋아."

마가렛은 뭐든 가리지 않고 음식을 잘 먹어서인지 몰라보게 건강이 좋아졌다.

"맞아, 소록도 사람 다 되었어. 마가렛, 건강이 좋아지면 수녀원으로 갈 거지?"

마리안느가 조심스레 물었다.

"아니, 아무래도 수녀원은 내 길이 아니었나 봐. 그곳에서는 이유 없이 아팠는데 이곳에 오니 거짓말처럼 다 나았잖아."

마가렛은 예전처럼 생기발랄한 얼굴로 대답했다.

"그게 무슨 말이야? 네 길이 아니라니. 하지만 난 언제나 네 생각을 존중하니 마음 가는 대로 해. 몸이 더 건강해질 때까지 여기서 지내."

마리안느는 언제나 자기 일에 깊이 생각하고 최선은 다하는 그의 성격을 알기에 믿고 응원했다.

마가렛은 몸이 좋아지자 영아원으로 나왔다.

"안녕하세요. 마가렛입니다."

"어서 오세요. 마리안느의 귀한 손님, 반갑습니다."

한창 바쁘게 일하던 영아원 식구들은 잠시 일손을 멈추고 마가렛을 반갑게 맞았다.

"마가렛, 어서 와, 아기들이 귀엽고 사랑스럽지?"

마리안느가 안고 있던 아기를 마가렛에게 보이면서 물었다.

"아기들이 정말 예쁘고 사랑스러워. 마리안느 너는 꼭 아기들의 엄마 같아!"

"호호, 그래."

마리안느도 그 말이 싫지 않은지 수줍게 웃었다.

마가렛도 마리안느를 도와서 영아원 아기들과 잘 놀아주고 보살폈다.

"마가렛, 아기들을 잘 돌보네. 너도 그러다 엄마 되겠다. 호호."

마리안느가 웃으면서 놀렸다.

"나도 이참에 너랑 같이 아기들을 돌볼까? 저기 파란 바다와 하얗게 부서지는 파도를 실컷 보면서."

"그것도 좋은 생각이야."

난생처음 바다를 본 마가렛은 출렁이는 하얀 파도를 참으로 좋아했다. 그래서인지 틈만 나면 갯바위에 앉아서 바다를 바

라보았다. 어느날 마가렛은 진지한 얼굴로 마라안느 곁으로 다가왔다.

"난, 아무래도 가족이 그리워서 고향으로 돌아가야겠어."

"그럼 가야지."

"그런데 말이야……."

마가렛이 무슨 말을 하려다 말꼬리를 흐렸다.

"무슨 말을 하려다 만 거야. 어서 해봐."

마리안느가 재촉했다.

"실은 고향으로 돌아갈 비행기 푯값이 한 푼도 없어. 우리 엄마가 염려했듯이 난 경제관념은 전혀 없나 봐."

마가렛이 어렵게 말을 꺼냈다.

"왜 그걸 진작 말하지 않았어. 내가 구해볼게. 너무 걱정하지 마."

마리안느는 주변 사람들에게 급히 돈을 구해 마가렛에게 비행기 표를 마련해 주었다.

"마리안느, 고마워."

"고맙긴."

마가렛은 엄마의 염려처럼 아버지를 꼭 닮아서 경제관념이 없고 자신이 가진 모든 걸 내어주는 정말 욕심이 없었다.

10
고향으로
가다

마가렛은 고국 오스트리아 인스브루크의 집에 무사히 도착했다.

"내 딸아, 무사히 돌아온 걸 환영한다."

"마가렛, 정말 보고 싶었어."

가족은 오랜만에 만난 마가렛을 반갑게 에워싸고 환영했다.

"저도 무척 보고 싶었고, 그리웠어요."

부모님과 형제자매들을 만난 마가렛도 무척 반갑고 기뻤다. 하지만 반가운 기쁨도 잠시, 청천벽력 같은 일이 기다리고 있었다.

아버지가 위암과 전립선암을 앓고 있었던 것이다. 마가렛은

그런 아버지를 보며 너무 슬프고 마음이 아팠지만, 아버지와 가족이 힘들어할 때 함께할 수 있어서 다행이었다.

"아버지, 지금부터 간호사인 제가 돌봐 드릴게요. 걱정하지 마세요."

"뭐! 풍크트인 네가 날 간호하겠다고? 허허."

아버지는 마가렛의 어린 시절 애칭을 부르며 재치 있게 농담했다.

"저는 아버지의 영원한 풍크트예요. 호호."

마가렛도 웃으며 받아넘겼다.

다음 날부터 마가렛은 아버지 곁을 그림자처럼 따랐다. 그는 힘들어하는 아버지를 보며 깊은 생각에 잠겼다.

"아버지, 병원 일은 그만두시고 쉬시는 게 좋겠어요."

마가렛은 병원에 출근하려는 아버지를 말렸다.

"의사에게 환자를 보지 말라는 건 너무 가혹한 일이야. 난 내 생명이 다하는 날까지 환자를 돌볼 것이다. 알겠니?"

아버지는 자신의 일을 고집하며 당부했다. 가족은 그런 아버지를 더는 말리지 못했다.

집으로 돌아온 지 몇 개월 후, 아버지는 마가렛과 가족이 지켜보는 가운데 하늘나라로 떠났다.

소록도 앞바다의 푸른빛이 더욱 짙어지는 어느 여름날, 소록도병원의 사정으로 영아원의 문을 닫게 되었다.

영아원이 문을 닫자마자 마리안느도 소록도를 떠나야 했다.

소식을 들은 아기들과 아이들의 엄마들은 영아원으로 몰려왔다.

"이렇게 떠나시면 우리 아기들은 누가 돌봐 주나요? 우리랑 그냥 여기서 살면 안 돼요? 흑흑."

"마리안느, 다시 온다고 약속해요. 어서요."

사람들은 몹시 서운해하며 가지 말라고 눈물을 흘렸다.

"꼭 다시 오겠습니다. 그동안 건강하게 잘 지내세요."

마리안느는 그들을 다독이며 약속했다. 그의 눈에도 눈물이 차올랐다.

"마리안느, 이대로 영영 떠나는 거 아니시죠? 이렇게 갑자기 떠나다니 너무 섭섭해요. 보고 싶고 그리울 거예요. 그러니 우리를 너무 오래 기다리게 하지 마세요."

영아원에서 함께 근무했던 동료들도 몹시 서운해하며 슬퍼했다.

'아! 정 많은 이 사람들이 있는 소록도로 다시 꼭 돌아올 거야.'

마리안느는 손을 모으고 다짐했다.

긴 시간을 날아 도착한 오스트리아 마트라이의 고향 집.

마리안느는 집에 들어서면서 부모님을 불렀다.

"어머니, 아버지!"

"이, 이게 누구야! 보고 싶었는데 잘 왔다."

"오호! 내 딸아, 무사히 돌아왔구나!"

부모님은 그리웠던 맏딸 마리안느를 끌어안고 행복한 비명을 질렀다.

"오! 마리안느, 정말 보고 싶었어."

"언니, 그리웠어!"

오빠와 여동생들도 반가움에 들떠 마리안느와 오래도록 안고 서로의 얼굴을 비볐다.

"네가 있었던 한국은 어떤 나라니?"

"소록도 아기들은 어떻게 하고 온 거니?"

가족들은 먼 나라 소록도가 궁금한지 쉼 없이 묻고 또 물었다.

마리안느는 그동안 자신이 지내 온 한국과 소록도의 이야기를 풀어놓았다.

마주 앉은 식구들은 하나라도 놓칠까 봐 귀를 쫑긋 세웠다.

언제나 소박한 식사를 준비하던 어머니는 딸이 좋아하는 음식을 식탁에 가득 차려 놓았다.

"어머나! 모두 내가 좋아하는 음식이네. 엄마의 음식이 정말 그리웠어요."

"내 딸, 먹고 싶은 거 마음껏 먹어라."

마리안느는 늘 그리웠던 어머니의 음식을 배부르게 먹었다.

오랜만에 보는 알프스산맥의 백설기 같은 눈과 한가롭게 떠다니는 뭉게구름이 포근하고 정겨웠다.

하지만 가끔은 소록도 앞바다가 생각났다.

가족과 함께하는 즐겁고 행복한 시간 속에서도 마리안느는 문득문득 소록도와 아기들의 모습이 떠올라 멍하니 있는 날이 늘어 갔다.

"마리안느, 무슨 생각을 하느라 불러도 모르니?"

오빠가 다가와 물었다.

"소록도 아기들과 아이들이 잘 지낼까? 혹시 어디 아픈 곳은 없는지 자꾸 생각나."

마리안느는 걱정 가득한 얼굴로 대답했다.

"넌 이곳에 있으면서도 온통 소록도 생각뿐이구나. 다시 가고 싶은 거지?"

"갈 수만 있다면 당장이라도 가고 싶어!"

그는 서슴지 않고 대답했다.

어느 날, 먼저 고향에 와 있던 마가렛이 마리안느를 찾아왔다.

"마리안느, 가족이랑 지내니 참 좋지?"

마가렛이 해맑게 웃으며 물었다.

"그럼, 엄마가 해준 음식도 먹고, 가족과 많은 이야기도 나누어 참 좋아. 그런데 날이 갈수록 자꾸 소록도가 생각나. 다들 잘 지내겠지?"

"아기들이 어떻게 지내는지 걱정이 많구나. 어쩌면 네 생각과 달리 엄마 품에서 잘 지낼 수도 있어."

"정말, 네 말대로 그랬으면 좋겠다."

하지만 마리안느의 마음은 알프스의 푸른 하늘을 가로질러 늘 소록도로 향했다.

11
십 대들의
질병

마가렛은 폐결핵 전문 병원에서 근무하고, 마리안느는 집안 일을 도우면서 잘 지내고 있었다.

어느 날, 마리안느 집에 귀한 손님이 찾아왔다. 소록도에서 만났던 현 헨리 대주교님께서 바티칸 공의회에 참석했다가 돌아가는 길에 마리안느를 만나러 오셨다.

"주교님, 여기까지 어떻게……?"

깜짝 놀란 마리안느가 물었다.

"마리안느가 어떻게 지내나 궁금해서 왔지요. 잘 지냈어요?"

대주교님은 인자한 미소를 띠며 대답했다.

마리안느와 가족은 갑자기 오신 대주교님을 극진히 맞이했다.

"주교님, 소록도 아기들과 아이들이 잘 지내는지 궁금합니다."

마리안느는 제일 먼저 소록도 아기들을 물었다.

"계실 때와 특별하게 달라진 건 없지만, 아이들이 마리안느를 많이 그리워한답니다."

"다행입니다. 저도 아기들이 너무 그리워요. 혹시 소록도에 다시 돌아갈 방법이 없을까요?"

그가 진지하게 물었다.

"제가 소록도에 갈 수 있는 방법을 한번 찾아보겠습니다."

주교님의 대답에 마리안느의 얼굴에 안도감이 돌았다. 그는 대주교님이 다녀가자, 소록도가 더 그리웠다.

며칠 후, 마가렛이 급히 마리안느를 찾아왔다.

"마리안느, 반가운 소식이 있어서 달려왔어. 어쩌면 우리가 소록도로 갈 수 있을지도 몰라."

"그, 그게 무슨 말이야? 정말 소록도에 갈 수 있다고?"

마리안느는 마가렛에게 묻고 또 물었다.

"이번에 인스브루크에 다미안 재단의 책임자인 사제가 오신대. 그 사제께 소록도에 갈 수 있는지 함께 만나 보자."

"한센병 환자들을 돕는다는 벨기에의 다미안 재단? 정말 좋은 소식이구나."

때맞춰 두 사람은 다미안 신부의 이름을 딴 한센병 구호단체
의 책임자인 사제를 만났다.

"안녕하세요? 마리안느입니다. 저희도 한센병 기관에서 교
육을 받고 싶습니다. 그래서 한센인들을 돕고 싶습니다. 허락해
주세요."

"정말 한센병에 대해 교육을 받으시겠어요? 그 이유를 물어
도 될까요?"

사제는 두 사람을 의아한 표정으로 물었다.

"오래전부터 다미안 신부님 이름을 딴 재단에서 어떤 일을
하는지 알고 있습니다. 우리는 얼마 전 한국의 한센인 마을에도
다녀왔습니다."

마리안느가 대답했다.

"저도 같은 마음입니다. 우리가 꼭 참여할 수 있게 도와주십
시오."

마가렛도 간절히 말했다.

"두 분의 뜻을 잘 알겠습니다."

얼마 후, 다미안 재단의 지원을 허락받았다. 두 사람은 한센
병 의료 기관이 있는 인도의 칭글레푸트로 갔다. 그곳의 의료 기
관에는 한센병 환자들이 구름처럼 몰려들었다.

"마가렛, 우리가 예전에 봤던 환자들은 극히 일부였나 봐. 무엇보다 10대 아이들이 너무 많아!"

마리안느가 안타까운 표정으로 말했다.

"환자가 이렇게 많을 줄 생각도 못 했어. 아, 아이들이 너무 가엾고 마음 아파."

마가렛도 슬픈 표정을 지으며 대답했다.

그곳은 인구 백 명 중 한 명이 한센병을 앓을 정도였다. 그래서 한센병 환자를 수용하는 시설이나 마을이 따로 없었다. 그들은 자기 집에서 생활하면서 약을 먹고 한 달에 한 번 정해진 장소에서 치료받았다. 그러다 병이 심각해지면 병원에 입원했다. 그나마 한센병 의료 진단 시스템이 영국식으로 매우 잘 되어 있었다.

예전에 다녀온 한센인 정착촌 의료진처럼 인도에서도 환자들을 맨손으로 만지고 치료했다. 의료진은 환자들의 진료와 치료가 끝나면 다시 학교로 이동하여 한센병을 검사했다. 여학생은 여자 의료진, 남학생은 남자 의료진이 맡아서 했다.

"얘들아, 혹시 몸에 조금이라도 이상이 있는지 잘 살펴봐야 해."

"절대로 숨기거나 감추면 안 돼. 알았지?"

마리안느와 마가렛은 여학생들에게 일일이 힘주어 말했다.

아이들은 늘 겪은 일인데도 큰 눈망울을 굴리며 놀란 표정으로 고개를 끄덕거렸다. 두 사람은 머리부터 발끝까지 아주 작은 염증과 피부에 반점이 있는지 빈틈없이 살피고 기록했다.

무엇보다 두 사람은 시간을 허투루 쓰지 않고 환자들을 직접 간호하고, 모르는 건 의사에게 물으면서 한센병의 진단과 치료에 대한 다양한 지식을 배워 나갔다.

"어린 학생들에게 제발 별일이 없었으면 좋겠어."

"다행히 내가 검사하는 학생은 한 명도 나오지 않았어."

두 사람은 자신들이 검사한 아이들이 무사하며 안도의 숨을 내쉬었다.

"한센병 발병 이유가 환경이나 영양실조가 큰 원인인 게 맞나 봐."

"맞아, 그러니 형편이 어려운 나라에서 많은 환자가 생기지. 이곳 사람들이 치료받는 걸 보니 소록도 환자들이 떠올라. 그들도 빨리 제대로 된 치료를 받았으면 좋겠어."

마리안느가 먼 하늘을 바라보며 말했다.

"넌 어느 순간에도 소록도 생각뿐이구나. 네 말처럼 소록도 환자들도 치료할 기회가 오도록 기도하자."

마가렛이 마리안느를 위로했다.

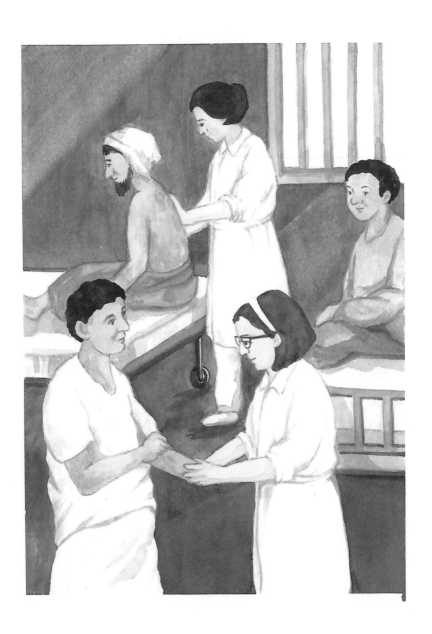

그 후 두 사람은 벨로르라는 곳으로 이동하여 한센병 치료 교육을 더 받고 고향으로 돌아왔다.

"마가렛, 얼른 소록도에 가서 환자들을 도와주고 싶어."

"나도 너랑 같은 생각이야. 이번에는 우리 함께 가자."

인도에서 환자들을 만나고 온 후 두 사람은 언제라도 소록도로 떠날 준비를 늘 하고 있었다. 그러던 어느 날, 벨기에 다미안 재단 의료진들과 함께 소록도에 가게 되었다는 연락이 왔다.

"와! 우리 드디어 소록도에 가는구나."

두 사람은 아주아주 기뻤다.

"어머니, 마리안느와 한국의 소록도로 가기로 했어요."

마가렛은 들뜬 목소리로 알렸다.

"그게 정말이냐? 네가 혼자 간다고 했으면 걱정되어서 못 보내겠지만, 마리안느와 함께 간다니 마음이 놓이는구나."

"네, 걱정하지 마세요. 어머니는 딸보다 마리안느를 더 믿으시잖아요. 호호."

마가렛이 웃으며 말했다.

"너는 아버지를 닮아서 남들이 달라고 하면 뭐든 다 내어주잖아. 그러니 야무진 마리안느가 네 곁에 있어서 다행이지."

"맞아요. 예전에도 마리안느가 도와주지 않았으면 고향에 영영 오지 못했을 거예요."

얼마 후, 마리안느와 마가렛은 나란히 한국행 비행기를 타고
고향 오스트리아를 떠났다.

12
다시 찾은
소록도

소록도 중앙공원에 단풍이 곱게 물든 날이었다. 마리안느와 마가렛은 꿈에 그리던 소록도에 도착했다. 소록도 사람들은 다시 돌아온 마리안느를 무척 반겼다.

"마리안느, 다시 만날 수 있다니 꿈만 같아요."

"다시는 못 보는 줄 알았어요. 이제는 가지 말고 오래오래 함께 있어요."

영아원에서 돌보던 아기들과 아이들이 몰라보게 자랐다. 늘 아파서 걱정했던 아기도 건강해진 모습이었다.

"애들아, 너희들을 다시 만나서 정말 행복하다."

"마리안느, 정말 보고 싶었어요. 소록도에서 우리랑 오래도록 살아요."

아이들은 두 사람을 에워싸고 입을 모아 말했다.

"여기 있는 마가렛도 아시죠? 이번에는 마가렛도 이곳에서 나랑 같이 있을 겁니다."

"와! 알고 말고요. 두 분이 함께 오셔서 더 좋아요."

두 사람을 맞이한 소록도 사람들은 가족을 만난 것처럼 반기며 기뻐했다.

"마가렛, 꼭 고향에 온 기분이야."

"나도 고향처럼 포근하고 참 좋아. 호호."

두 사람의 얼굴 가득 미소가 번졌다.

마리안느는 제일 먼저 자신이 공들여 아기들을 돌보던 영아원으로 갔다. 하지만 그가 떠날 때 굳게 닫힌 문은 그대로였다. 그때 옆에 있던 보육소 쪽이 떠들썩했다.

"마리안느, 보고 싶었어요."

"애, 얘들아. 안녕! 나도 보고 싶었어."

영아원에서 돌봤던 아이들이 하나둘 마리안느 곁으로 몰려들었다. 다행히 보육소는 병원에서 운영하고 있었다.

"마리안느, 이제 보육소에서 우리랑 함께 살아요."

"애들아, 건강하게 잘 있어서 고맙다."

얼굴에 늘 허연 버짐이 피고 입이 짧아서 또래보다 작았던

아이도 몰라보게 자랐다.

"학교도 잘 다니고 있지? 이제는 영아원이 아닌 병원에서 근무하니 그곳으로 언제든지 놀러 오너라. 알았지?"

"네! 다시는 가지 마세요!"

두 사람은 소록도 사람들의 진심 어린 환영을 받으며 그들에게 최선을 다하리라 다짐했다.

이때 마리안느, 마가렛과 함께 온 마리아 디트리히도 있었다. 이 세 사람을 가리켜 그곳 사람들은 '세마' 또는 '삼마'라고 불렀다.

"어째 서양 사람들은 죄다 마 씨들이랑 가."

"긍께 말이여. 다들 얼굴도 비슷하게 생겨서 누가 누군지 모르겠당께."

세 사람은 간호사로서 병원 업무를 시작했다. 소록도에도 인도처럼 10대 어린 환자들이 꽤 많았다.

"이곳도 인도와 마찬가지로 아이 환자들이 많네."

"그래서 한센병을 세계적으로 10대의 질병이라고 하나 봐. 더구나 여자보다 남자아이들 환자가 더 많아. 마가렛, 이곳에 아동 치료실을 열어서 어린이 환자들을 집중적으로 돌보면 어떨까?"

마리안느가 의견을 물었다.

"와! 정말 좋은 생각이야. 병원 측에 바로 건의하자."

마가렛도 덩달아 말했다.

두 사람은 바로 병원으로 갔다.

"저희는 아이 환자들을 치료하는 아동 치료실을 열겠습니다. 허락해 주세요."

그들의 말을 들은 병원 측은 흔쾌히 허락했다. 두 사람은 곧바로 병원 옆 건물에 아동 치료실을 열었다. 그리고 그들의 이름 앞 자인 '마'를 따서 'M 치료실'이라는 간판을 달았다. 아이들은 기다렸다는 듯이 아동 치료실 문이 열리자마자 몰려들었다.

두 사람은 치료뿐만 아니라 아이들에게 꼭 필요한 것이 무엇인지 고민하다가 우유와 영양제를 챙겨주기로 했다. 처음에는 가까이 오지 못하고 쭈뼛대던 아이들도 서슴없이 먼저 다가와 안기고 어리광을 부렸다. 치료실에서는 날마다 이른 아침부터 고소한 우유 냄새가 났다.

"마리안느, 우유 주세요!"

"마가렛, 영양제 주세요!"

아이들은 서로 시샘하듯 앞다투어 손을 내밀었다.

"얘들아, 넉넉히 있으니 천천히 마셔라."

"약은 빼먹지 않고 잘 챙겨 먹고 있는 거지?"

두 사람은 아이들에게 우유를 따르고 영양제를 챙겨주면서 일일이 확인했다.

"잘 먹고 있응께, 걱정하지 마시랑께요."

"주신 영양제를 먹고 얼굴에 버짐도 없어지고 키도 이만큼 컸어요."

아이들은 너도나도 입을 모아 대답했다.

"어, 정말 얼굴이 깨끗해졌네."

마리안느 얼굴에 엄마의 미소가 번졌다.

"저는 우유와 영양제를 먹어도 왜 키가 크지 않을까요?"

말수가 없고 다른 아이들이 다 먹고 난 다음에야 조용히 우유를 받아 마시던 아이가 시무룩하게 물었다.

"물론 잘 먹어야 키가 크지만, 때가 있으니 조금 더 기다려 보자. 영양제도 중요하지만 무엇보다 치료 약을 잘 챙겨 먹어야 해. 알겠니?"

마가렛이 머리를 쓰다듬으며 자세히 설명했다.

"그럼 저도 키가 클 수 있는 거죠? 알았어요."

두 사람은 어린 나이에 고향에서 쫓겨나 홀로 지내는 어린 환자들을 더욱 살뜰히 챙겼다. 한센병을 앓고 있는 아이들이 학교 소풍을 가느라 치료실에 오지 않으면 그곳까지 가서 때맞춰 약을 챙겨 먹였다.

"오늘도 안 오네. 어디 아픈가?"

아이들이 밀물처럼 몰려왔다가 썰물처럼 빠져나간 후, 마리안느는 문밖을 바라보며 누군가를 기다리고 있었다.

"아무래도 선미에게 무슨 일이 있는 것 같아. 어린 게 너무 안쓰러워."

어느새 마가렛도 마리안느 곁에서 걱정했다.

열세 살인 선미는 지난해 소록도에 들어왔다. 그는 오자마자 정신병동에 입원했다. 그 나이에 한센병을 앓고 갑자기 가족과 떨어졌다는 게 충격이었다. 아무것도 먹지 않고 울면서 죽고 싶다고 하던 선미 앞에 마리안느와 마가렛이 다가왔다.

"가, 가까이 오지 마세요! 병이 옮을지도 몰라요."

"네가 걱정하는 일은 일어나지 않아. 우리 걱정하지 말고 밥이랑, 약 잘 먹고 치료 받으면 나을 거야. 알았지?"

두 사람은 다정하게 달랬다.

"그게 저, 정말이에요? 그런데 이곳 병원 사람들도 가까이 오지 않잖아요? 병도 나을 수 있다고요? 믿을 수 없어요."

선미는 못 믿겠다는 표정으로 물었다.

"그럼, 낫고말고. 우릴 믿어 봐."

마리안느가 미소 지으며 대답했다.

"네가 치료 잘 받을 수 있도록 우리가 도와줄게. 알았지?"

마가렛도 선미의 등을 토닥이며 말했다.

13
소록도 사람들과
의료진들

소록도 사람들에게는 다미안 재단 의료진들의 이야기가 화
젯거리였다. 마리안느가 처음 왔을 때처럼 여러 명의 서양 의
료진이 지나가면 멀찍이 서서 신기한 눈빛으로 구경했다.

"오메! 마리안느 같은 사람이 몇이나 되는 거여? 이러다가
소록도가 오지리가 되겠네잉!"

"와! 풍뎅이 차다."

아이들은 처음 보는 풍뎅이처럼 생긴 차의 꽁무니를 따라
가며 소리쳤다.

오지리 : 조선 시대 오스트리아를 부르던 명칭.

"오메! 참말로 자동차가 꼭 풍뎅이처럼 생겼네. 자꾸 봐도 신기하구먼. 육지에서도 없는 것들을 봤으니, 육지 사람들은 우리가 겁나 출세했다고 생각하겠네."

의료진들이 타고 다니는 풍뎅이 차를 넋을 잃고 바라보면서 한마디씩 했다.

"어이, 마귀! 고맙네잉."

새벽마다 우유를 따라주는 마가렛을 바라보던 할머니 환자는 눈썹도 없는 눈을 찡긋했다.

"할매, 마귀가 아니라 내 이름은 마르기트라고요. 마, 르, 기, 트!"

마가렛은 화를 내기는커녕 자신의 이름을 또박또박 알려주었다. 병실 안은 순식간에 웃음바다가 되었다.

"마귀나, 마르머시기나 내 귀에는 똑같구먼. 허허."

할머니는 민망한 듯 크게 웃었다. 이후 할머니뿐만 아니라 다른 사람들도 부르기 편한 영어식 발음인 '마가렛'으로 그녀를 부르게 되었다.

마리안느와 마가렛은 여러 가지 어려운 상황에서도 간호학교에서 배운 것을 환자들에게 실천했다. 손이 빠르고 기억력이 좋은 마리안느는 환자들의 병세를 잘 파악했고, 꼼꼼하고 세심한 마가렛은 자기만의 방식으로 환자들을 보살폈다.

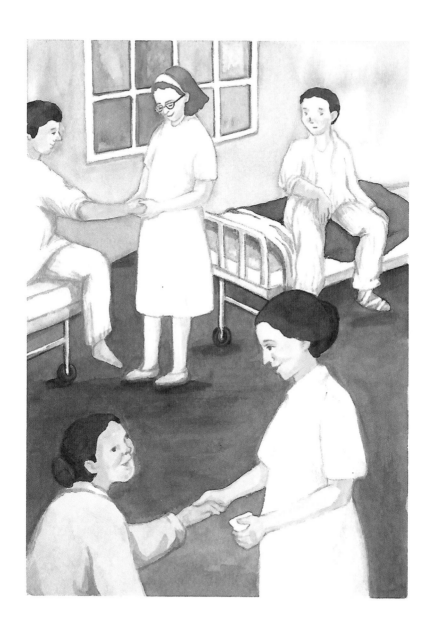

환자들은 시간이 지날수록 자신들이 보통 사람들과 차별받지 않는다는 것을 느꼈다.

　"아지매, 요즘 들어 어째 우리가 환자가 아닌 일반 사람 같은 생각이 자꾸 드는 거 있죠?"

　"오메! 자네도 그런가? 나도 그런 생각을 했는디. 저 노랑머리들이 우리를 진심으로 사람 대접하는 거 보면 정말 고마운 사람들이여."

　"어디 그뿐인가요? 저들이 오고부터는 이곳 의사와 간호사들도 이제 마스크나 비닐장갑도 끼지 않고 맨손으로 진료도 하고 약도 주잖아요. 우리를 대하는 태도가 완전히 달라졌잖아요."

　"긍께 말이여. '세마'들이 소록도 사람들을 확! 바꿔버렸당께. 허허."

　마리안느와 마가렛은 물론이고 마리아를 칭찬하는 소리가 소록도 어디에서든 들렸다.

　"우리가 너무 한센병에 대해서 무지했어. 그들도 우리와 같은 사람이라는 걸 몰랐지. 이제부터라도 차별 없이 대해 줘야겠어."

　병원 의료진들은 물론이고, 우체국 직원들도 환자들의 물품과 우편물을 소독하던 행동을 부끄러워하며 환자들과 손을 맞잡고 악수를 하였다.

다미안 재단 의료진들은 한센병 후유증으로 손가락이 없는 환자들에게 손 수술을 해주겠다고 나섰다.

"음식을 마음대로 드실 수 있도록 손가락을 만들어 드릴게요."

"손가락을 만들어 준다고요? 그걸 어떻게 믿어요. 저는 그냥 이대로 살겠으니 다신 묻지 말아요!"

환자들은 두 번 다시 그 이야기를 꺼내지 못하게 했다.

"우리를 믿고 수술받아 보세요."

그 사실을 알게 된 마리안느가 찾아와 설득했다.

"마리안느가 하라면 해야지. 그런데 우리나라에서 처음하는 수술인데 괜찮을까? 정말 손이 만들어질지……."

환자들은 수술을 받겠다고 대답했지만, 오그라든 손을 바라보며 망설였다.

얼마 후, 숟가락도 제대로 들지 못하던 환자들의 손이 재건 수술로 감쪽같이 변했다. 환자는 물론이고 다른 환자들도 너무 놀라서 입을 다물지 못했다.

"아니, 이럴 수가! 정말 이게 내 손 맞는가? 믿을 수가 없당께."

생긴 대로 살겠다며 고집을 피우고 버티던 환자들도 몇 번

이고 마리안느와 마가렛에게 물으며 확인한 끝에 마음을 고쳐

먹고 너도나도 수술을 받았다.

　이처럼 두 사람의 존재감은 소록도에서 매우 컸다.

14
날개 없는
땅의 천사들

선미는 소록도에 들어온 지 7년 만에 한센병이 완치되었다.

마리안느와 마가렛은 너무 기뻐서 직접 케이크를 만들어 축하 파티를 열었다.

"어린 게 그동안 얼마나 외롭고 힘들었을까. 이제는 고향도 가고, 엄마 아빠도 만날 수 있어서 좋지?"

두 사람은 자기 일처럼 기뻐하며 물었다.

"엄마처럼 돌봐준 할매들 덕분이에요. 두 분이 안 계셨다면 저는 이 병을 이겨내지 못했을 거예요. 저는 고향도, 부모님도 오래전에 잊었어요. 그냥 지금처럼 할매들이랑 살고 싶어요. 흑흑."

선미는 끝내 눈물을 쏟았다.

두 사람은 말없이 다가가 선미를 꼭 안아주었다.

그 무렵, 열 살쯤 소록도에서 치료를 받고 완쾌되어 사회로 나가 군대까지 다녀온 한 청년은 병이 재발하여 다시 들어왔다.

그는 처음 발병했을 때보다 더 심각한 증상을 보이며 온몸에 봉긋한 멍울이 생겼고, 울퉁불퉁한 상처가 등 전체를 뒤덮더니 결국 곪아 터졌다.

청년은 절망에 빠진 채 병실 창 너머 먼바다만 하염없이 바라보았다.

그런 청년에게 마리안느와 마가렛은 분명 나을 거라며 희망을 불어넣었지만, 그는 고개를 저었다.

어느 날, 마리안느는 작은 약병을 들고 입원실로 들어와 청년을 침대에서 일으켜 앉혔다.

"마, 마리안느, 지금 뭘 하시려는 거예요?"

청년은 놀라며 물었다.

"지금부터 상처를 치료할 거예요."

청년이 뭐라고 말하기도 전에 마리안느는 그의 상처를 깨끗이 소독했다.

그리고 가져온 약을 끔찍한 상처 부위에 조금씩 붓고, 오랜 시간 맨손으로 부드럽게 쓸어내리며 닦아주고 마사지를 해주었

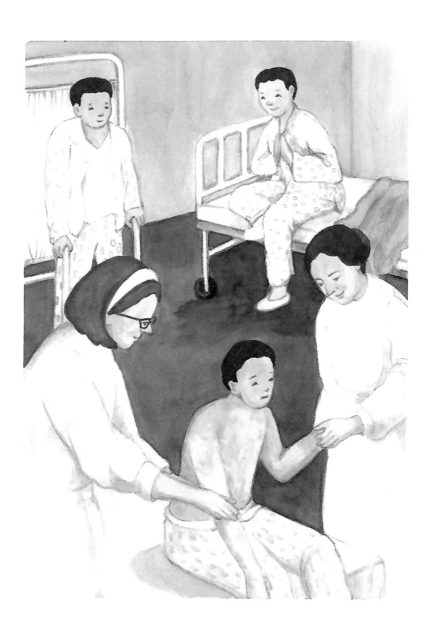

다.

마가렛도 마리안느와 번갈아 가며 치료를 도왔다.

"세상에나! 저 끔찍한 걸 아무렇지도 않게 하다니?"

"저 둘은 사람이 아닌가 봐!"

그 광경을 본 병실 안 환자들은 모두 놀라 입을 다물지 못했다.

"저희는 특별한 사람이 아니에요. 배운 그대로 실천할 뿐입니다."

두 사람은 겸손하게 대답했다.

"지금 하는 모습이 특별한 거잖아요? 땅의 천사님들!"

"두 천사를 보내주셔서 감사합니다."

하늘을 향해 한센병을 주었다며 원망하던 환자들은 손을 모으고, 하늘을 바라보며 천사들을 보내주어 고맙다고 했다.

"우리는 날개도 없으니 천사가 아닙니다. 부끄러우니 다시는 그런 말 하지 마세요."

두 사람은 손사래를 쳤다.

"날개가 있어야만 천사인가요? 사람 취급도 못 받으며 살던 우리를 사람으로 대해 주시잖아요. 흑흑."

병실에 있던 환자들은 너도나도 눈물을 흘리며 말했다.

두 사람은 바쁜 와중에도 날마다 병실을 찾아와 처음처럼 청년을 치료했다.

얼마 지나지 않아 청년의 상처가 놀랍게도 깨끗이 나았다. 건강을 되찾은 청년은 기쁜 마음으로 다시 소록도를 떠났다.

소록도 사람들은 젊을 때는 마리안느, 마가렛이라고 이름을 불렀지만, 두 사람이 점점 나이가 들자 선뜻 이름을 부르기가 어려워졌다.

"마리안느도 나이가 있는데 자꾸 이름을 부르기가 좀 그렇당께."

"그랑께, 나도 마가렛을 부를 때마다 거시기 하는디. 그렇다고 딱히 이름 말고는 부를 게 없잖여."

"서양에서는 이름을 불러도 괜찮다고 하지만, 아이들까지 이름을 부르는 건 좀 맞지 않는 것 같아요."

사람들은 저마다 입장과 생각을 이야기했다.

그 사실을 알게 된 두 사람이 먼저 나섰다.

"그냥 저를 '큰할매'라고 부르세요."

마리안느가 말했다.

"그럼 저는 '작은할매'예요."

마가렛도 뒤따라 말했다.

"오메! 할매도 아닌디, 어찌 그렇게 부른다요? 그건 아닌데."

"아따, 여기서는 '할매'라는 말이 정겹다는 뜻이잖아요. 아직 그 소릴 들을 정도는 아니지만 앞으로 들을 것이니, 큰할매, 작은할매! 좋기만 하구먼잉."

입담 좋은 할머니가 말했다.

그날 이후 두 사람은 어른, 아이 할 것 없이 소록도 사람들의 '큰할매', '작은할매'가 되었다.

소록도 바다에 붉게 노을이 내려앉을 때, 두 사람의 사택으로 오르는 얕은 언덕길을 아이들이 하나둘 올라왔다.

"큰할매!"

"작은할매!"

아이들이 사택 문을 열고 들어서면서 크게 불렀다.

주방에서 앞치마를 두르고 얼굴에 땀방울이 송골송골 맺힌 두 사람은 함박꽃처럼 웃으며 아이들을 맞이했다.

"애들아, 어서 와."

아이들은 달려가 너도나도 두 사람의 품에 안겼다.

생일상이 차려지고 그달에 생일을 맞은 아이들이 빙 둘러앉았다.

먹기에도 아까울 만큼 예쁜 과자와 케이크를 본 아이들은 저마다 군침을 삼켰다.

두 사람은 케이크에 초를 꽂아 불을 붙이고 아이들과 함께 노래를 불렀다.

"생일 축하합니다. 생일 축하합니다. 사랑하는 우리 아이들, 생일 축하합니다."

"후후후~ 후후!"

아이들은 노래가 끝나고 촛불을 껐나.

"얘들아, 맛있게 먹어줘."

마리안느와 마가렛은 음식을 골고루 접시에 나누어 주었다.

그리고 맛있게 먹는 아이들을 흐뭇한 엄마의 표정으로 바라보았다.

식사가 끝난 후, 두 사람은 아이들에게 풍금도 가르쳐 주고 손뜨개질도 알려 주었다.

늦은 밤까지 불을 환하게 밝힌 사택에서는 웃음소리와 도란거리는 이야기 소리가 들렸다.

"나도 할매들처럼 간호사가 될 거예요."

"저도 어려운 사람들에게 도움을 주는 사람이 꼭 되겠습니다."

아이들은 꿈과 희망을 품고, 할매들처럼 살겠다고 앞다투어 말했다.

"얘들아, 너희들의 꿈이 꼭 이루어지도록 응원하고 기도할게."

마리안느와 마가렛은 그런 아이들에게 용기를 불어넣어 주

었다.

한센인들의 생일이 되면, 거동이 불편한 이들을 위해 직접 케이크를 만들어 집 대문 앞에 놓아두기도 했다.

소록도 사람들은 두 사람에게 보답하고 싶었지만, 특별히 할 수 있는 것이 없었다.

그래서 배급으로 받은 부식과 직접 기른 채소, 달걀 등을 사택 문 앞에 몰래 가져다 놓았다.

15
서로
기대어

두 할매는 고향에서 카펫을 만들고 남은 조각들을 보내오면 환자들에게 필요한 방석과 가방을 만들어 나눠주고, 바느질을 좋아하는 사람들에게 천 조각을 챙겨주었다. 그래서 소록도의 웬만한 집에는 할매들이 준 물품과 소품 몇 개씩을 가지고 있었다.

어느 날 사택으로 초대한 지인 허 간호사에게 마가렛이 옷을 내밀었다.

"허 간호사, 이것 입어요."

"네? 이 특별한 옷을 제게 준다고요? 아, 아니에요."

허 간호사가 화들짝 놀라서 손을 내저었다.

"생각대로 이 옷은 내가 인도에서 한센병에 관한 공부를 할 때 입었던 것이에요. 허 간호사는 나랑 몸이 비슷하잖아요. 무엇보다 허 간호사가 입으면 더 어울릴 것 같아서 주고 싶어요."

"저야 주신다면 영광입니다. 그럼 기쁜 마음으로 받겠습니다. 잘 간직했다가 나중에 소록도 역사관이나 박물관이 생기면 기증할게요."

마가렛은 웃으면서 그 옷과 옷장에 걸어둔 다른 옷들과 신발들도 허 간호사에게 챙겨주었다. 이처럼 마리안느와 마가렛은 특별한 날에 입었던 의미 있는 옷과 신발도 지인들에게 다 나누어 줄 정도로 욕심이 없었다.

할매들의 사택은 1년 내내 하루도 문을 닫은 적이 없었다.

"할매들, 주무세요?"

"아, 아니요. 이제 자려고 합니다. 어디 아프세요?"

찾아온 사람이 미안해할까 봐 그들은 늘 그렇게 대답했다.

"뭘 잘못 먹었는지 배가 뒤틀리고 너무 아파서 아침까지 참을 수가 없어서 왔어요."

"잘 왔어요. 아픈데 참으면 안 되죠. 이 약 먹으면 금방 괜찮아질 거예요."

"할매들, 정말 미안하고 고맙습니다."

"우리는 언제든지 오셔도 괜찮아요. 아프면 참지 말고 바로 오세요."

소록도 사람들은 저녁에 갑자기 응급상황이 생기면 아무 때나 사택으로 달려갔다. 할매들은 여러 가지 응급약을 준비해 두고 언제 찾아와도 친절히 맞이하고 필요한 약을 주고 응급조치를 해주었다.

다른 곳보다 주거지역이 열악한 소록도에는 지네와 뱀이 유난히 많았다. 그래서 한밤중에 비명이 들리면 지네나 뱀에게 물렸다는 신호였다. 물린 사람은 곧바로 사택으로 달려갔다.

"할매들, 지네에게 물렸어요."

"걱정하지 마세요. 금방 낫게 해줄게요."

마리안느는 안심시키고 정체불명의 검은 돌멩이를 가져왔다.

"할매들, 저 돌멩이가 무슨 독을 빼낸다고 그러세요? 다른 약을 주세요."

돌멩이를 보고 사람들이 의아해하며 물었다.

"아무 소리 말고 우리가 해준 대로 가만히 계세요. 독이 빠질 때까지 잘 붙이고 계세요. 그러면 독이 빠질 거예요. 우리 고향에서는 이 돌로 독을 빼내요."

연금술사처럼 마리안느는 지네나 뱀에게 물린 곳을 살짝 절개하고 그 돌을 붙여주었다.

"할매들, 참말로 이 돌을 붙이면 독이 빠질 게라?"

사람들은 미덥지 않은지 자꾸 물었다.

"아따, 우리가 거짓말하는 사람인가요."

하지만 그녀의 말처럼 신기하게도 독이 빠지고 금방 나았다. 이 돌은 원래 아프리카 원주민들이 가지고 있던 것으로 마리안느는 유럽 사제들의 선교회에서 받았다. 지네나 뱀에게 물린 즉시 돌을 붙여야 효과가 컸기 때문에 사람들은 밤낮을 가리지 않고 사택을 찾았다. 어느 날 지네에 등을 물린 사람에게 그 돌을 붙여주었는데 물린 곳이 계속 아프다고 해서 확인해 보니 마리안느가 잠결에 다른 곳에 붙여주었다. 마리안느는 돌을 다시 붙여 주면서 몹시 미안해했다.

시간이 흐를수록 소록도 사람들은 마리안느와 마가렛이 세상에서 가장 미덥고 기대고 싶은 사람이 되었다. 하지만 늘 밝고 씩씩한 두 사람도 날마다 돌보던 환자가 죽으면 너무 마음이 아프고 슬퍼서 며칠 동안 아무 일도 못 했다.

그곳에 홀로 사는 환자들은 늘 외로워서 서로 양아들, 양딸을 삼아서 정을 나누고 살았다. 마리안느도 처음 소록도에 왔을 때 친할머니와 닮은 한 아주머니 환자를 만났다.

"우리 할머니와 똑같이 닮았어요."

"나는 한국 사람인디, 어째 서양 할매를 닮았다고 그란당가."

아주머니가 물었다.

"정말이에요."

그렇게 시작된 두 사람은 가깝게 지내다가 양엄마와 양딸이
되었다. 또한, 고향에 아들이 둘 있는 윤 씨 할머니도 딸이 되어
달라고 조르자, 마리안느와 마가렛은 흔쾌히 허락했다. 할머니
를 가끔 사택으로 모셔 와 목욕시켜 주고 맛있는 음식도 해주었
다.

"내가 늦복이 터졌어. 늘그막에 얻은 딸들에게 이런 호강을
받다니. 세상 부러울 게 없어. 딸들아, 고맙다!"

윤 씨 할머니는 고맙다는 말을 달고 살았다.

환자들을 돌보는 바쁜 가운데서도 해 질 무렵이면 두 사람은
제비 선창 부근에서 찰싹찰싹 갯바위에 부딪히는 파도 소리를
반주 삼아 노래를 부르기도 하고 봄부터 늦가을까지 수영을 즐
겼다.

"언니와 이렇게 있는 시간이 참 좋아!"

"나도 좋아!"

어느 순간부터 마가렛은 마리안느를 한국 사람들처럼 언니
라고 불렀다.

두 사람은 수탄장 길을 걸어서 병원과 사택을 오가다 햇볕이
따가운 여름날에는 소나무 그늘에서 땀을 식히기도 했다.

"마가렛, 난 수탄장 길을 걸을 때마다 마음이 찡하고 너무 슬퍼!"

"한 달에 한 번, 그것도 길을 가운데 두고 바라만 본 부모와 아이들은 얼마나 안타깝고 그리웠을까. 생각만으로도 마음 아파!"

평소 명랑한 마가렛도 슬픈 표정을 지으며 말했다.

병원 앞 하늘을 향해 치솟은 아름드리 소나무들도 어쩌면 하나같이 몸에 깊은 상처를 안고 있다. 그걸 소록도를 처음 방문한 사람들이 묻곤 했다.

"이 소나무에 깊은 상처는 왜 이래요?"

"일제강점기 때 송진을 채취하느라 껍질을 벗겨낸 상처랍니다."

"깊은 상처를 입고도 꿋꿋하게 살아 있다니. 이곳은 사람도 나무도 참 모질게 살았네요. 너무 아픈 흔적입니다."

마리안느와 마가렛은 이처럼 찾아온 사람들에게 소록도의 근현대사를 알리는 파수꾼이 되었다.

16
드러내지
않는 삶

보건복지부에서 소록도병원으로 마리안느와 마가렛에게 대통령이 상을 주겠다고 연락이 왔다. 상을 받으려면 두 사람의 사진이 필요했다. 하지만 바깥세상에 알려지는 걸 무척 싫어했던 두 사람에게서 사진을 받아내기란 쉽지 않았다. 이를 안, 병원 담당자는 어쩔 수 없이 두 사람의 동료 직원에게 사진을 받아달라고 부탁했다.

"경찰에서 뭐 조사한다고 큰할매, 작은할매, 사진 하나씩 가져오라고 하네요."

"왜요? 우리는 죄 지은 게 없는디. 뭔 일이당가."

동료 직원이 느닷없이 사진을 달라고 하자 두 사람은 고개를 갸웃거리며 젊었을 때 사진을 주었다.

며칠 후, 소록도에 보건복지부 직원이 두 사람을 데리러 왔다.

"마리안느와 마가렛, 두 분을 모시러 왔습니다."

"그래요. 그런데 어쩌죠? 두 분께서는 아직 상을 받는다는 걸 모르십니다. 만약 대통령을 만난다면 절대 가지 않으실 겁니다."

병원에서는 사실대로 말할 수도 없고, 그렇다고 대통령의 지시인데 안 할 수도 없는 몹시 난처한 처지였다. 결국 병원에서는 또 거짓말을 했다.

"할매들, 서울에 급한 볼일이 있으니 의료 부장이랑 함께 다녀오세요."

"오메! 무슨 급한 일 있어요? 병원 일이라면 다녀와야지요."

마가렛은 가지 않고 마리안느만 그 말을 믿고 서울로 갔다. 그곳에 가서야 사실을 알게 된 마리안느는 어쩔 수 없이 대통령 표창장과 부상으로 자동차를 받았다.

하지만 서울을 다녀온 마리안느는 거짓말을 했던 동료 직원에게 화를 크게 냈다.

"참 나쁜 사람이야! 왜 그런 거짓말을 했어? 우리가 그런 걸 싫어하는 줄 알면서."

동료 직원이 되물었다.

"왜요?"

"그곳에 안 가도 될 터인데 너 때문에 갔잖아!"

마리안느와 마가렛이 평소와 다르게 쇠꼬챙이처럼 뾰족한
말을 했다.

"할매들, 대통령도 만나고 상도 탔으니 좋았잖아요."

동료의 말처럼 대통령도 만나고 상도 탔으니 무척 좋아할 일
이었지만, 두 사람은 그의 말처럼 절대 좋아하지 않았다.

"누가 좋다고 그래? 너와 다시는 말을 하지 않을 거야!"

두 사람은 몹시 화가 났던지 동료 직원에게 한동안 말을 걸
지 않았다. 하지만 동료 직원은 몹시 억울했다.

"난 위에서 시켜서 했을 뿐인데…… 할매들 정말 너무해요."

하지만 곁에서 지켜본 두 사람의 깊은 마음을 알기에 동료는
진심으로 사과했다.

"큰할매, 작은할매, 정말 내가 죽을 죄를 지었당께요. 한 번
만 용서해 주세요. 다신 안 그럴게요."

그는 병원에서 시켜서 했던 일이라고 자초지종을 낱낱이 털
어놓았다. 그제야 두 사람도 오해를 풀었다.

"그렇다고 그런 거짓말을 하면 안 돼! 또 그러면 다신 안 볼
거야."

마리안느가 눈에 힘을 주면서 강하게 말했다.

부상으로 받은 자동차는 기부하고, 그들은 오래된 풍뎅이 차를 타고 다녔다. 시간이 흐를수록 상을 주려는 단체들이 줄을 이었지만, 두 사람은 모두 거절했다. 하물며 고국인 오스트리아 정부에서도 훈장을 주려고 서울로 몇 번이나 초청했지만 가지 않았다. 결국, 주한 오스트리아 대사는 헬기를 타고 소록도에 내려와 직접 훈장을 주었다.

우리나라의 제일 큰 기업에서 주는 사회 봉사상의 수상자로 두 사람이 선정되었지만, 정중히 거절했다. 그 소식을 들은 지인들과 동료 직원들이 상금으로 좋은 일을 할 수 있지 않겠느냐며 상황을 설명했다.

"상을 받으면 상금으로 좋은 일에 쓸 수 있잖아요?"

"맞아요. 돕고 싶었던 사람들에게 쓰면 되잖아요. 참 좋은 기회인데……."

"어렵고 힘든 사람들을 많이 도울 수 있겠어요."

말을 들은 두 사람은 고민이 깊어졌다.

"마가렛, 우리 상금을 받아다가 좋은 곳에 쓰면 어떨까?"

마리안느가 물었다.

"어려운 사람을 도울 수 있어서 좋긴 하겠지만, 난 시상식장에는 가지 않을 거야. 언니 혼자 다녀와."

마가렛은 가까스로 대답했지만, 그런 자리를 불편해하는 그는 공개적으로 말했다. 마리안느도 그의 성격을 알기에 간호과장과 함께 가서 상을 받았다. 그리고 받아온 상금 전액은 구급차가 없던 국립 소록도병원에 기부했다.

이처럼 두 사람이 남모르게 봉사한다는 걸 알리지 않아도 사택에는 이름을 드러내지 않는 이들의 후원이 줄을 이었다.

"똑똑."

문을 두드리는 소리에 나가보면 누군가 봉투와 물품을 두고 갔다. 이렇게 받은 후원금들은 소록도 한센인뿐만 아니라 완치되어 소록도를 떠나는 사람들이 자립하는 데에도 도움을 주었다.

남들을 도우면서도 정작 본인들은 죽은 환자들의 옷을 수선해 입으며 자신들을 위해서는 한 푼도 쓰지 않았다. 하물며 소속된 수녀회에서 보내온 생활비마저 아껴서 환자들의 간식비로 썼다.

병원에서 같이 근무한 동료 간호사는 그런 모습을 지켜보면서 혹여 자기 집에 귀한 선물이 들어오면 두 사람에게 가져다주었다. 마리안느는 선물을 받자마자 가져온 동료가 곁에 있는데도 다른 사람을 불러서 풀어보지도 않고 그대로 줘 버렸다.

"나도 먹지 않고 할매들 몸보신하라고 가져왔는데, 저 귀한 걸 줘 버리면 어떡해요."

동료 간호사는 서운한 속내를 내비쳤다.

"우리는 괜찮아요. 누구든지 필요한 사람이 먹으면 되잖아요. 너무 서운해 말아요. 우리는 건강하잖아요."

마리안느가 그의 어깨를 다독이며 말했다.

"아, 알았어요. 그렇게 말하면 내가 나쁜 사람 같잖아요."

"아, 아니에요. 정말 고마워요."

두 사람은 언제나 더 필요한 사람을 먼저 생각하고 배려했다. 동료 간호사는 그런 줄 알면서도 번번이 귀한 걸 챙겨서 사택으로 가져다주었다.

사택에는 종교와 사회적으로 알 만한 여러 계층의 사람들이 모여들었다. 마가렛이 한국인 최초로 만났던 김수환 추기경께서도 자주 방문하셔서 다른 종교인들과 함께 한센인들을 돕고자 마음을 모으셨다. 두 사람의 사택은 그들에게 사랑방 역할을 톡톡히 하며 방문하는 모두를 환영했다. 하지만 딱 하나, 자신들의 이야기를 알리고 싶어 하는 언론과는 절대 접촉하지 않으려 모든 걸 숨겼다.

"마리안느, 이번에 모 방송국 사람들이 인터뷰하고 싶다고 연락이 왔는데 어떡하죠?"

"그걸 왜 우리에게 물어요? 앞으로 절대로 그런 말 하지 말

아요!”

묻는 사람에게 두 번 다시 말을 못 꺼내게 단속했다.

어느 날, 사택에 허름한 승복을 입은 스님이 찾아와 목탁을 두드리며 염불을 했다. 두 사람은 염불이 끝나길 기다렸다.

“스님, 안으로 들어오세요.”

“아, 아닙니다.”

사양하는 그를 안으로 모셔 와 차를 대접하고 가만히 봉투를 내밀었다. 스님이 냉큼 봉투를 들고 일어나 합장하고 떠났다. 마침 곁에서 지켜보던 지인 간호사가 말했다.

“아무래도 가짜 스님 같아요.”

“알고 있어요.”

두 사람은 자신들을 찾아온 손님들에게도 소홀함 없이 한결같은 마음으로 대했다. 그렇다 보니 소문을 듣고 찾아와 도와달라고 손을 내미는 사람들도 꽤 많았다.

17
이별
준비

　사계절 아름다운 중앙공원에는 별 모양의 하얀색 비석이 세워져 있다. 소록도병원 개원 56주년이 되던 해, 마리안느와 마가렛, 그리고 마리아의 이름이 새겨진 공적비였다. 소록도 사람들은 그 비석을 '세마비'라고 불렀으며, 그 위에는 다음과 같은 글이 새겨져 있다.

　'이역만리 한국 땅 소록도에 와서 영아원, 물리치료실, 입원실을 운영하며 환자와 음성 환자의 정착 사업을 적극적으로 추진하였기에, 그 업적을 찬양하고 길이 빛내기 위하여 이곳에 공적비를 세운다.'

처음 소록도에 영아원을 세운 조창원 원장은 마리안느와 마가렛, 그리고 마리아에게 늘 고마운 마음을 가지고 있었다. 그래서 직접 디자인하여 세마비 건립을 적극적으로 추진했다.

"원장님, 제발 비석은 세우지 말아 주세요."

소식을 들은 마리안느와 마가렛은 몇 번이나 간곡히 부탁했다.

"이 일은 제가 하는 게 아니라, 소록도 전체 사람들의 마음이고 그들의 고마움의 표시이니, 이번만큼은 두 분의 뜻을 따를 수 없습니다. 그냥 따라주십시오."

조 원장도 물러서지 않았다.

"언니, 이번만큼은 이곳 사람들의 뜻을 따라야 할 것 같아. 우리는 죽을 때까지 소록도 사람들과 같이 살다가 세마비 밑에 묻히는 건 어때?"

평소와 다르게 마가렛이 먼저 원장님의 뜻을 따르자고 말했다.

"그럼 묘비도 따로 세울 필요 없이, 우리가 죽으면 화장해서 여기에 묻어달라고 하자."

마리안느도 고개를 끄덕이며 동의했다. 이후 두 사람은 늘 유언처럼 이 말을 했다.

한동안 잠잠하던 두 사람의 이야기가 아무리 인터뷰를 거부하고 차단해도, 누군가의 입을 통해 조금씩 알려지기 시작했다. 덩달아 사택의 전화기도 불이 나듯 울려댔다.

"소록도 마리안느, 마가렛 수녀님이세요?"

"여긴 그런 사람 없습니다."

두 사람은 전화가 걸려 오면, 모르는 번호라도 받았다가 사정없이 말을 끊었다. 끈질기게 사택과 치료실로 찾아오고, 가까운 지인들을 통해 정보를 얻으려 시도했지만, 두 사람의 성격을 알기에 지인들도 모두 입을 다물었다.

마리안느와 마가렛은 병원과 한센인 마을에 필요한 것이 무엇인지 살피고, 완쾌가 어려운 환자들에게 더 정성을 쏟았다. 식사를 하지 못하는 그들에게 미음을 떠먹이며 조금이라도 더 생명을 연장하려 애썼다.

"아니, 이왕이면 아직 살 수 있는 젊은이나 회복이 가능한 환자들부터 먼저 챙겨야 하지 않겠어요?"

"몸이 썩어 들어가 악취가 풍기고, 어쩌면 살아 있다는 게 더 고통스러울 텐데, 왜 저런 사람들에게 정성을 쏟는지 모르겠네."

그걸 본 사람들은 날 선 비판과 조롱 섞인 말을 서슴없이 내뱉었다. 하지만 두 사람은 일일이 대꾸하지 않고 묵묵히 그 환자들을 더 챙기고 보살폈다. 겨울이면 제대로 씻을 곳이 마땅찮은 환자들을 위해 마을마다 차례로 목욕탕을 세웠다.

소록도 사람들에게 필요한 물품들이 먼 하늘을 날아 도착한 날이면, 사택 앞 마당은 약국이 되고, 옷 가게와 장난감 가게가 되었다. 덩달아 두 사람의 손길이 바빠졌다.

"이번에 온 옷들은 다 예쁘네. 우리 아이들이 입으면 정말 예쁘겠다."

"어머나, 이 인형은 꼭 사람 같아! 아이들이 서로 갖겠다고 싸우겠어."

두 사람은 물품들이 누구에게 필요한지 꼼꼼히 점검하며, 어느 한 사람도 서운하지 않게 나누었다. 거동이 불편한 환자들에게는 담당 간호사를 통해 꼭 필요한 물건을 전해 주었다.

"양 간호사, 남생리 박 할아버지는 유난히 추위를 많이 타시니 이 털목도리 가져다드리세요."

"서 간호사, 병실 김 할머니께 장갑과 모자 전해주세요."

물건들을 꼭 필요한 사람들에게 골고루 나누었지만, 가끔은 사람들이 자신이 갖고 싶은 물건이 있으면 욕심을 내기도 했다.

"큰할매, 저것 내가 갖고 싶어요. 나 주세요."

"그건 이미 주인이 정해져 있습니다. 그 사람에게 꼭 필요한 물건입니다."

마리안느는 단호하게 말했다.

"작은할매는 인심이 후한데 큰할매는 독한 구석이 있어."

"그런 소리 마라. 작은할매처럼 아무나 퍼주다가는 정작 필요한 사람들은 얻지도 못힐 거야."

"큰할매가 골고루 다 서운찮게 나누고 있잖아. 작은할매는 사람만 좋지 그런 건 잘못하더구먼."

마가렛은 엄마가 말했듯이, 사람은 좋지만 경제관념이 전혀 없었다. 그저 누가 필요하다고 하면 앞뒤 생각 없이 줘버려서, 가끔 마리안느를 난처하게 만들 때도 있었다. 정작 마가렛 본인은 할 수 없는 걸 알기에, 처음부터 소록도를 떠나는 날까지 이 모든 걸 마리안느가 도맡아 했다.

고향 오스트리아로 돌아가지 않고 소록도에 영원히 남길 원했지만, 큰할매 마리안느가 대장암에 걸리고 말았다.

'내가 암에 걸린 줄 알면 사람들이 날 돕겠다고 나설 텐데…… 힘들게 살아온 그들에게 더 힘들게 할 수 없어.'

마리안느는 깊은 생각에 빠졌다가 결심했다.

"마가렛, 우리 이곳을 떠나면 어떨까?"

마리안느가 조심스럽게 물었다.

"언니, 나도 요즘 그런 생각을 했어. 소록도에서 영원히 살고 싶지만, 아무래도 그러는 게 좋겠어."

마가렛도 흔쾌히 받아들였다.

"나와 같은 생각이라 다행이네. 정든 사람들과 헤어지는 게 너무 아쉽고 서운하지만, 힘들게 살아온 그들을 생각해서라도 우리가 떠나는 게 좋겠어."

그 후 두 사람은 조용히 떠날 준비를 시작했다.

"언니, 그동안 우리가 가진 게 이렇게 많았던 거야?"

"내 물건은 더 많아. 후유!"

마리안느가 버릴 물건을 보며 한숨을 쉬었다.

"언니는 나보다 하는 일이 많아서 그렇지, 뭐. 그동안 살림하느라 수고했어!"

마가렛이 웃으며 말했다.

두 사람은 가지고 있던 물품들을 필요한 사람들에게 나눠주고, 꼭 필요한 것들만 고향으로 부쳤으며, 나머지는 창고에 넣었다. 마리안느는 단출하게 살았다고 생각했지만, 벌써 몇 번이나 소각장에서 물건들을 태웠다.

마가렛도 미리 봐두었던 큰 나무 아래 구덩이를 파고, 그동안 받았던 상장과 훈장, 기념품들을 하나하나 쓰다듬으며 묻었다.

두 사람의 사택에는 평소에도 들고나는 우편물이 많았기에,
아무도 그들이 떠날 준비를 한다는 걸 눈치채지 못했다.

18
초록 나뭇잎과
파란 비둘기

어느 날 저녁, 마리안느와 마가렛은 앉은뱅이책상 앞에 마주 앉았다.

"한국말은 오래 살아도 너무너무 어려워!"

마가렛이 말했다.

"맞아, 해도 해도 잘 모르겠어."

두 사람은 서로 같은 마음을 주고받으면서 편지글을 다듬었다.

"이 편지를 한글 문서로 작성해 주세요. 부탁합니다."

두 사람은 가까운 지인에게 편지를 건네며 부탁했다.

- 사랑하는 친구, 은인들에게 -

이 편지를 쓰는 것은 저희에게 아주 어려운 일이었습니다.

한편으로는 사랑의 편지이지만, 한편으로는 헤어지는 섭섭함이 담겨 있습니다.

우리가 떠나는 이유에 대해 설명을 충분히 한다고 해도 헤어지는 아픔은 그대로 남아 있을 겁니다.

한 사람씩 직접 만나서 인사를 해야 하지만, 이 편지로 대신합니다.

마가렛은 1959년 12월 한국에 도착했고, 마리안느는 1962년 2월 와서 거의 반세기를 이곳에서 살았습니다.

고향을 떠나 이곳에서 간호사로 일하며 오랫동안 살았습니다.

천막을 쳤습니다. 이제는 그 천막을 접어야 할 때가 왔습니다.

우리는 이제 70이 넘은 나이입니다.

소록도 국립병원 공무원들은(직원) 50~60세에 퇴직합니다.

퇴직할 때는 소록도를 떠나야 합니다.

우리의 건강이 언제까지 일을 하도록 허락할지도 모릅니다.

그리고 이곳을 비워주고 다른 곳에 사는 것은 저희가 원하는 바가 아닙니다.

그래서 고향으로 떠나기로 했습니다.

우리 나이는 은퇴 시기에서 10년이나 지났습니다.

지금의 한국은 사회복지 시스템이 잘되어 있어서 우리는 아주 기쁩니다.

우리가 없어도 환자들을 잘 돌봐주는 간호사들이 있어서 마음이 놓입니다.

옛날에 약과 치료제가 많이 필요했던 시기에는 고향에 도움을 받아 도와드릴 수 있었습니다.

그러나 지금의 소록도는 여러 면에서 발전해 환자들이 많은 혜택을 받고 있습니다.

그렇기에 우리는 아주 기쁘고 감사한 마음입니다.

한국에서 같이 일하는 외국 친구들에게 저희가 자주 충고하는 말이 있습니다.

제대로 일할 수 없고 자신들이 있는 곳에 부담을 줄 때는 본국으로 돌아가는 것이 좋겠다는 말입니다.

이제는 우리가 그 말을 실천할 때라고 생각합니다.

이 편지를 읽는 당신께 큰 사랑과 신뢰를 받아서 하늘만큼 감사합니다.

부족한 점이 많은 외국인인 우리에게 큰 사랑과 존경을 보내주어서 대단히 감사합니다.

이곳에서 지내는 동안 저희의 부족함으로 인해 마음이 아팠다면 이 편지로 미안함과 용서를 빕니다.

여러분에게 감사하는 마음이 아주 큽니다.

그 큰 마음에 우리가 보답할 수 없어 하느님께서 우리 대신 감사해 주실 겁니다.

항상 기도 안에서 만납시다.

- 감사하는 마음으로 -

마리안느 올림

마가렛 올림

소록도 2005년 11월 22일

지인은 편지를 한글 문서로 작성하고 끝부분에 초록 나뭇잎을 입에 문 파란색 비둘기 문양을 집어넣고 인쇄했다.

마리안느와 마가렛은 준비해 둔 봉투에 지인이 가져다준 복사본 편지를 다시 한번 읽어보고 한 부씩 넣고 봉했나.

떠나기 전 마지막 주, 두 사람은 주교님, 병원 원장님, 성당 신부님께 고향 오스트리아로 돌아간다고 말했다.

"네? 정말 영영 떠나신다고요? 아, 안 돼요!"

"마리안느, 마가렛, 다시 한번 생각해 보세요. 두 분이 안 계신 소록도를 상상할 수 없어요."

그 말을 들은 사람들이 깜짝 놀라며 가지 말라고 모두 간곡히 말렸다.

"마리안느, 가족처럼 의지하고 살았는데 말없이 떠나는 건 아니잖아요. 꼭 가시려면 사람들에게 인사라도 하고 가는 게 낫지 않겠어요?"

가까운 지인 간호사가 물었다.

"우리 생각은 달라요. 어쩌면 정 많은 소록도 사람들이 몰려와 못 가게 막을 거예요. 제발 아무 말도 하지 마세요."

두 사람은 간곡히 부탁했다.

"할매들 마음이 정 그렇다면 입을 다물고 있을게요. 하지만 나중에라도 알게 되면 많이 서운해하고 허탈해할 겁니다. 언제

쯤 가시려는지……?”

신부님은 말끝을 흐리면서 물었다.

“저희는 마가렛의 비자가 만료되는 하루 전날 이곳을 떠나 겠습니다.”

마리안느가 대답했다. 하지만 그게 언제인지 아무도 몰랐다.

소록도를 떠나기 전 마지막 일요일, 마리안느와 마가렛은 성 당을 다녀온 후 마지막으로 차를 타고 소록도를 한 바퀴 돌았다.

“모두 모두 안녕.”

마리안느는 환자들이 사는 마을을 지날 때 손을 모으고 작별 인사를 했다.

“사슴들아, 건강하게 잘 지내.”

마가렛도 길옆 숲에 있는 사슴 가족에게 손을 흔들어 작별 인사를 했다.

소록도를 떠나는 날 새벽, 병원에 내려가 환우들에게 우유를 나누어 주면서 당부했다.

“김 할매, 많이 드세요.”

“이 씨도 약 잘 챙겨 먹고 얼른 퇴원해야지요.”

“할매들이 맨날 챙겨주시면서. 이번 축일에도 피정 가세요?”

매년 그랬듯이 환자들이 물었다.

“그, 그럼요. 다녀와야지요.”

두 사람은 당황해하면서 대답했다.

평생 소록도에서 가족처럼 살기로 했던 마리안느와 마가렛 두 할매는 처음 소록도에 올 때 가져온 낡은 큰 가방 하나씩을 들고 정든 붉은 벽돌집을 나섰다.

곱게 물든 벚나무 단풍이 떨어져 뒹구는 길을 따라 선착장을 향해 걸었다.

선착장으로 내려가는 돌계단 옆 키 큰 동백나무는 다가올 겨울에 필 튼실한 꽃봉오리를 달고 있다.

두 사람은 선착장에 다다라 오던 길을 뒤 돌아보고 나룻배에 올랐다.

사십 년이 넘도록 고향처럼 살았던 소록도의 자연과 이곳 사람들이 준 사랑을 당연한 듯 받아왔던 미안함이 슬프게 밀려왔다.

"우리가 저들에게 준 마음보다 저들이 우리에게 준 사랑이 아주아주 컸나 봐."

"맞아! 언니, 정말 그랬어. 흑흑"

대답하던 마가렛이 그만 주저앉아 눈물을 펑펑 쏟았다.

그 모습을 본 마리안느도 소리 없이 눈물을 흘렸다.

'그동안 함께해 주서서 감사합니다.'

'모두 안녕히!'

마리안느와 마가렛은 멀어지는 소록도를 애잔한 눈빛으로
바라보았다.

참고 자료

《소록도 100년 한센병 그리고 사람, 백년의 성찰》, 국립 소록도병원 발행(2017)

《사진으로 보는 100년 한센병 그리고 사람, 백년의 성찰》, 국립 소록도병원 발행(2017)

《사슴섬 간호일기》 6.7.8.10.12.13호, 국립 소록도병원 간호조무사회 발행

《소록도 꽃》, 서판임, 도서출판 명작(1999)

《소록도 사람들》, 서판임, 비매품(2003)

《마리안느와 마가렛》, 윤세영 감독, 영화 다큐멘터리(2017)

《소록도 마리안느와 마가렛》, 성기영, 예담(2017)

《소록도를 위하여》, 전남대학교사범대학부설중학교 3학년 학생들, 부크크(2020)

사진 및 자료 : 국립 소록도병원, (사)마리안느·마가렛 나눔 연수원

편지 및 우표 : 박성이, 전)국립 소록도병원 간호사

사진 : 허옥희, 현)국립 소록도병원 간호사

연보

마리안느 슈퇴거(Marianne Stöger, 한국명: 고지선)

1934년 4월 24일 오스트리아의 마트라이에서 아버지 파올스퇴거와 어머니 마리안나 스퇴거의 2남 5녀 중 셋째로 출생.

1941년 마트라이 초등학교 입학.

1949년 초등학교 졸업. 여성 직업학교 진학.

1950년 마가렛의 아버지가 근무하는 병원에서 간호 견습생으로 마가렛과 처음 만남.

1952년 인스브루크 간호학교 입학. 1955년까지 3년간 공부. 마가렛과 기숙학교에서 같은 방에서 생활.

1954년 그리스도왕 시녀회 입회.

1955년 간호학교 졸업 후 인스브루크대학병원에서 5년간 간호사로 근무.

1957년 그리스도 왕 시녀회 첫 서원.

1962년 광주 교구장 헨리 대주교와 5년 계약으로 소록도에 옴(28세).

1965년 국립 소록도병원에서 영아원 이전으로 오스트리아로 귀국.

1966년 다미한 재단의 지원으로 인도 칭글레풋, 벨로르 등지에서 한센병 치료병원과 교육기관에서 6개월간 교육받음.

1966년 국립 소록도병원에서 간호사로 일하기 위해 소록도에 도착. 다미안 재단의 의료진들은 5년 계약으로 이 해 국립 소록도병원에서 의료 활동을 시작. 마리안느, 마가렛, 마리아 다미안 재단의 공식적인 간호사로서 근무.

1971년 다미안 재단의 의료진들이 계약 만료 후 본국으로 떠남. 마리안느와 마기렛은 자원봉사자 신분으로 소록도에 남기로 함.

1972년 세마(마리안느, 마가렛, 마리아) 공적비 제막식.

1994년 오스트리아 정부 훈장 수여.

1996년 국민훈장 모란장 수여.

2005년 11월 22일 오스트리아로 귀국.

2016년 한국을 떠난지 11년 만에 소록도 방문(84세).

2016년 5월 17일 국립 소록도병원 100주년 기념식 참석.

2016년 대한민국명예 국민증 수여.

2016년 고흥 명예군민증 수여.

2016년 6월 9일 오스트리아로 출국.

2018년 전라남도 명예도민증 수여.

2018년 제6회 간호 대상 수상(대한간호협회).

2019년 (사)마리안느 마가렛·나눔연수원 개관.

2021년 제48회 플로렌스 나이팅게일 기장 상(국제적십자사 수여).

2021년 국제간호대상(국제간호사협회, 플로렌스 나이팅게일 국제재단).

2022년 대한 간호협회 명예 회원증 수여.

마가렛 피사렛(Margaritha Pissarek, 한국명: 백수선)

1935년 6월 9일 아버지 닥터 한스 피사렉과 어머니 게르트루드테인의 2남 2녀 중 셋째로 폴란드 비엘스코 비아와에서 출생.

1942년 폴란드 포젠에서 초등학교 입학.

1946년 오스트리아의 인스부르크로 이주. 여기서 24세까지 거주.

1950년 아버지가 근무하는 병원에서 간호 견습생으로 마리안느와 처음 만남. 그리스도 왕 시녀회 입회.

1952년 인스브루크 간호학교 입학. 1955년까지 3년간 공부함. 마리안느와 마가렛 기숙 학교에서 같은 방에서 생활.

1954년 그리스도 왕 시녀회 종신서원.

1955년 간호학교 졸업 후 빈의 병원에서 간호사로 1년간 근무.

1959년 여름 프랑스의 한센인 정착촌 오트레슈로 떠나 6개월간 봉사.

1959년 처음으로 한국에 들어옴. 경북 왜관의 한센인 정착촌 베타

니아 원에서 근무.

1961년 서울의 가르멜 수녀회 입회.

1964년 건강에 이상이 생겨 가르멜 수도원을 나온 뒤 오스트리아의 인스브루크로 귀향. 암 투병 중인 아버지를 간호함.

1965년 아버지가 돌아가신 후 인스브루크의 폐결핵 병원에서 간호사로 근무.

1966년 다미안 재단의 지원으로 인도 칭글레풋, 벨로르 등지에서 한센병 치료병원과 교육기관에서 6개월간 교육받음.

1966년 국립 소록도병원에서 간호사로 일하기 위해 소록도에 도착. 다미안 재단의 의료진들은 5년 계약으로 이 해 국립 소록도병원에서 의료 활동을 시작함. 마리아 다미안 재단의 공식적인 간호사로서 근무.

1971년 다미안 재단의 의료진들이 계약 만료 후 본국으로 떠남. 마리안느와 마가렛은 자원봉사자 신분으로 소록도에 남기로 함.

1972년 세마, (마리안느, 마가렛, 마리아) 공적비 제막식.

1994년 오스트리아 정부 훈장 수여.

2005년 11월 22일 오스트리아로 귀국.

2016년 대한민국 명예국민증 수여.

2016년 고흥 명예군민증 수여.

2018년 제6회 간호 대상 수상(대한간호협회)

2018년 전남 명예도민증 수여.

2019년 (사)마리안느·마가렛 나눔연수원 개관.

2020년 노벨평화상 추천서 노벨평화상 위원회 제출.

2021년 국제 간호 대상(플로렌스 나이팅게일 국제재단)

2022년 대한 간호협회 명예 회원증 수여.

2023년 9월 29일 오스트리아 인스브루크의 한 병원에서 대퇴부 골절로 수술 받던 중 선종.

날개 없는 두 천사, 마리안느와 마가렛

초판 1쇄 발행 2025년 3월 25일

글쓴이 서동애
그린이 김진희
펴낸곳 글라이더
펴낸이 박정화
편 집 이고운
디자인 디자인뷰
마케팅 임호

등 록 2012년 3월 28일 (제2012-000066호)
주 소 경기도 고양시 덕양구 화중로 130번길 32 파스텔프라자 405호
전 화 070) 4685-5799
팩 스 0303) 0949-5799
이메일 gliderbooks@hanmail.net
블로그 https://blog.naver.com/gliderbook
ISBN 979-11-7041-161-1 (43810)